DIÁLOGOS

 / LITERATURA

COLECCIÓN VOCES / LITERATURA

Ilustración de cubierta: Equipo editorial
Fotografía de solapa: Paola Tinoco

Nuestro fondo editorial en www.ppespuma.com

Primera edición: junio de 2009

ISBN: 978-84-8393-031-5
Depósito legal: M-23601-2009

© Jordi Sierra i Fabra, 2009
© De la fotografía de solapa: Paola Tinoco, 2009
© De la ilustración de cubierta: Editorial Páginas de Espuma, S. L., 2009
© De esta portada, maqueta y edición: Editorial Páginas de Espuma, S. L., 2009
c/ Madera 3, 1.º izq. 28004 Madrid
Teléfono: 915 227 251
Correo electrónico: ppespuma@arrakis.es

Impresión: Omagraf
Encuadernación: Seis, S. A.

Impreso en España - Printed in Spain

JORDI SIERRA I FABRA

DIÁLOGOS

PÁGINAS DE ESPUMA

ÍNDICE

¿Nos casamos o lo dejamos?

Fue al salir él del baño. Aún estaba peleando con su entrepierna para subirse la cremallera del pantalón. Ella estaba en el quicio de la puerta de la salita, con la cabeza ladeada y los brazos cruzados. Parecía esperarle.

–¿Sabes una cosa? –le anunció–. He estado pensando.

–Eso es malo –su voz acompañó al siseo característico de la cremallera ascendiendo por la autopista dentada.

–Hablo en serio, Miguel.

–¿Y en qué has estado pensando?

–Creo que deberíamos casarnos o dejarlo.

Se detuvo a su lado. La miró de hito en hito. Ella estaba de lo más natural. Seria, incluso indiferente. Como si le hablara de una compañera de trabajo.

–Caramba.

Miriam abandonó la posición que ocupaba y echó a andar por la salita. Se dejó caer en el sofá. Con el cabello alborotado y en bata, su imagen no era precisamente turbulenta o sexi. Miguel no supo si quedarse de pie o sentarse. Decidió lo último y ocupó una de las butacas.

–¿Y a qué viene esto de... casarse o dejarlo? –preguntó él.

–No sé –se encogió de hombros–. Se me ha ocurrido.

–Ah.

–No me seas pragmático.

–Es que no sé qué decirte.

–Pues está claro. Di sí o no, qué te parece, discútelo...

–Sigo sin saber qué decirte.

–¿No me digas que en estos años no lo habías pensado?

–Pues... no, la verdad. Bueno, un par de veces tal vez. Por imaginarme cómo sería...

–¿Y qué tal?

–Nada –el que se encogió ahora de hombros fue él.

–Pues está claro que hemos llegado a un punto muerto –dijo Miriam–. Así que el siguiente paso es de lo más evidente: o lo dejamos o seguimos. Y, si seguimos, hemos de casarnos.

–¿Por qué?

–Pues porque es lo natural.

–No sé por qué tiene que ser natural.

–Porque lo es. Hay un momento en la vida en que todos hemos de comprometernos. El compromiso refuerza los lazos.

–¿Y por qué no vivimos juntos?

–No es lo mismo.

–Hay miles de parejas de hecho.

–Me parece muy bien. Allá ellas. Yo te hablo de ti y de mí.

–Prácticamente ya vivimos juntos.

–Sólo prácticamente. Cada cual tiene su piso y su independencia.

Miguel frunció el ceño. Se acomodó mejor en la butaca.

–Lo dices como si fuera... un ultimátum.

–¿Ultimátum? –ella expresó sorpresa–. No hijo, no. De ultimátum nada. No te estoy forzando ni mucho menos. Si lo decidimos, será al alimón, y perfecto. Si optamos por dejarlo, también será cosa de los dos y ya está.

–Y, si lo dejamos, ¿qué?

–Pues cada cual por su lado.

–¿Y ya está?

–¿Qué quieres, un drama? Si se acaba, se acaba.

–No te veo muy apasionada.

–Es que no soy una histérica. No he llorado nunca por un tío y no pienso hacerlo.

–Cualquiera diría que has tenido muchos.

–Los dos conocemos el historial del otro –sonrió cínica–. Salvo mi primer noviete, nada de nada. Hasta que apareciste tú... Y en tu caso, por Dios, cuando conocí a aquella pedorra de Marisol...

–Pues no estaba mal –la pinchó. Y agregó por si las moscas–: Aunque sólo fueron dos meses.

–Tú y yo llevamos tres años y medio.

–¿Ya?

–Sí.

–Se me han pasado volando –dijo amablemente.

–Pues es mucho tiempo, sí.

–¿Te imaginas treinta?

–¿Qué quieres decir?

–Eso, si te imaginas treinta años tú y yo juntos.

–No.

–¿Qué quieres decir, que nos divorciaremos antes?, porque para eso no me caso.

–No quiero decir nada. Sólo que no me imagino eso de los treinta años, ni veinte, ni diez ni cincuenta. Es algo abstracto. No me lo imagino y ya está. No quiere decir nada más.

–Pues es toda una vida.

–Ay, calla –se estremeció Miriam–. Suena tan... totalitario.

–Ya lo dice el cura: «hasta que la muerte os separe».

–Oye, que yo sólo hablo de casarnos, no de lo divino, lo humano y esto y lo otro y lo de más allá. A mí el cura que diga lo que quiera.

–¿Boda por la iglesia?

–Sí, ¿no?

–Tú de blanco.

–Puestos a casarse, hagámoslo bien.

–Lo civil es más rápido.

–Piensa en tu madre. Le daría un infarto. Bastante mal lleva lo nuestro ahora.

–Anda que la tuya.

–La que se casa soy yo. Contigo, si quieres.

–¿O sea, que harías una boda, boda?

–A ver.

–¿Listas de boda y todo eso?

–Hombre, y que los amigos paguen, tú dirás.

–Restaurante, tiros largos, comilona, vídeo...

–Del vídeo, paso. Es una horterada.

–¿Cuándo lo haríamos?

–Primavera, ¿no?

–¿Como todo el mundo? ¡Ay, no sé! –Miguel arrugó la cara.

–En invierno hace un frío que pela, tú. Y te cae un día lluvioso, o que nieve... Se carga tu boda.

–Ya, pero en primavera...

—Qué perra te da con la primavera.

—Es que vamos a pasar medio año yendo de culo. Y con tu madre y mi madre queriendo «ayudar» —se estremeció.

—Estamos en noviembre. Hay tiempo —recordó algo y cambió de expresión—. Bueno, no estoy muy segura. Desde luego sí que es cierto que hay que encargarlo todo con mucha antelación. Margarita se casó hace un año, lo planeó a toda prisa porque se quedó en estado, y no encontró restaurante. Todo estaba cogido.

—Ella iba de cutre.

—Total, ya lo sé.

—No pienso gastarme una pasta en la comilona, te lo advierto.

—Pagará papá.

—Ah, si es así.

—Y luego a Canarias.

—O Mallorca.

—A mí me gusta más Canarias.

—Y a mí Mallorca.

—Pues entonces al Caribe.

—¿Tú crees?

—¿No nos iremos a Andorra?

—Sería original.

—Hay que ir a las Seychelles o un lugar así. Podríamos incluir la luna de miel en la lista de bodas. Abrir una cuenta.

—¿Y para qué queremos la luna de miel si ya vamos cada fin de semana por ahí, y las vacaciones de Pascua, y las de verano...?

—Sí, ¿verdad?

—La luna de miel era para los de antes. Echar el primer polvo, la primera noche solos y todo ese rollo.

–Pues tenía que ser poético.

–¿Qué, estar ocho años de novios sin mojar? Era una putada.

–No seas basto, Miguel.

–Soy realista.

–Además, eso era hace cien años. Desde la revolución de los sesenta en el siglo pasado y el amor libre y todo eso...

–No sé cómo lo aguantaban.

–Oye, te recuerdo que nosotros hace dos semanas que no lo hacemos.

–¿Tanto?

–Sí.

–Oh.

–Al comienzo eran tres veces al día, luego una vez al día, y después una vez cada tres días. Pero ahora...

–Es que estamos demasiado estresados. Tú tampoco has estado mucho por la labor.

–Ya sabes que no soy lo que se dice apasionada.

–Ya, pero siempre soy yo el que...

–Los tíos estáis más salidos, y decís que lo necesitáis y todo ese rollo.

–Desde luego...

–¿Desde luego qué?

–Nada, nada.

–Ahora ya te lo hago con la boca, ¿no?

–Mujer, sólo faltaría...

–¿Sólo faltaría qué? A mi prima Luisa le da asco, qué quieres que te diga. Y al novio de Raquel le da asco hacérselo a ella con la boca y la lengua.

–¿En serio?

–Sí.

–Pero si comérselo a una tía es lo mejor que...

—¡Miguel!

—¿Qué pasa?

—Cuando te pones hortera...

—Jo, a veces me revienta que seas tan pija.

—No decir «follar», ni «polla», ni «coño» no es ser pija. Y mira, como te pongas así lo dejo, ¿eh?

—¿Cómo sabes lo de Luisa y Raquel?

—Porque me lo han dicho.

—O sea, que tú también les hablas de cómo lo hacemos nosotros.

—Bueno, comentarios y cosas así. Yo soy más cerrada.

—¿Qué clase de comentarios?

—Detalles, nada, tonterías.

Miguel se removió inquieto en la butaca. No estaba seguro de poder mirar a Luisa o a Raquel a la cara cuando volviera a verlas. Las tías tenían conversaciones íntimas de lo más peregrino.

Había cosas más importantes de las que hablar. Al menos en ese momento.

—Si nos casamos querrás tener hijos —tanteó él.

—Sí, claro.

—¿Cuántos?

—¿Dos, no?

—¿Dos? ¿Por qué dos?

—Tú eres hijo único.

—Y qué. ¿Es que he salido mal?

—No, pero...

—Tú tienes tres hermanos.

—Por eso, que dos está bien.

—Esperaríamos un poco, ¿no?

—No demasiado. Tengo veintinueve años.

Miguel vio desfilar por su mente una serie de imágenes escalofriantes: Miriam con una barriga inmensa,

Miriam con las tetas caídas, Miriam con un bebé en los brazos, Miriam de nuevo embarazada, Miriam con las tetas como globos y el tipo destrozado, Miriam «dejándose llevar» y perdiendo todas sus gracias... Y, finalmente, dos niños, dos pequeños monstruos, corriendo por todas partes y destrozándolo todo mientras se peleaban a gritos.

Se quedó blanco.

Después pensó en una rápida y silenciosa vasectomía.

–¿Qué pasa? –quiso saber ella.

–No, nada, nada.

–Oye, que si lo ves como una montaña ya te lo he dicho: lo dejamos.

–Que no, mujer. Estamos hablando.

–El piso.

Los niños desaparecieron justo cuando iban a romperle su colección de sellos.

–¿Qué pasa con el piso? –se concentró de nuevo.

–¿Vamos a tu casa y dejo el mío o al revés?

–Mi casa está al lado de mi trabajo.

–Y lejos del mío.

–Es que tu casa es un pelín incómoda –insistió Miguel.

–Cuando te quedas a dormir no te quejas.

–Mujer...

–Además, la mía es más céntrica y está mejor comunicada.

–Pero el mío es un ático.

–Pequeño.

–Pero un ático.

–No sé.

–¿Y si conservamos las dos?

–¿Para qué queremos dos casas? –vaciló Miriam.

–Si sale mal...

–Si piensas que puede salir mal, saldrá mal. Hay que arriesgarse.

–¿Y si vivimos juntos y ya está?

–Ya te he dicho que no.

–¿Por qué?

–Porque no. ¿Quieres volver a empezar? Creía que este punto ya estaba claro. Cuando tengamos hijos nos tendremos que casar igual. Por lo tanto, hagámoslo bien desde el primer momento –Miriam se revistió de gravedad y escepticismo para agregar–: Oye, que no te estoy obligando a nada.

–Ya lo sé.

–Ya te lo he dicho al comienzo. Si no estamos de acuerdo, los dos, lo dejamos y ya está.

–Es que dejarlo...

–¿Qué pasa? Es de lo más normal. Lo hemos pasado bien y punto.

–A veces eres un témpano.

–¿Yo? –se ofendió ella–. ¿Un témpano yo? Mira quién habla. El otro día viendo la película no se te cayó ni una lágrima.

–No es lo mismo. Y, además, la película era una cursilada lacrimógena.

–Ya.

–Yo soy muy sensible. El otro día me lo dijo Maruja: «Miguel, eres muy sensible».

–¿Y por qué te dijo Maruja eso?

–No sé, salió la conversación.

–Una mujer no le dice eso a un hombre hablando de la compra, vamos, digo yo.

–Pues no recuerdo de qué hablábamos. Pero salió así.

–¿Qué más te dijo?

—Que todos tenemos una parte masculina y otra femenina, y que yo debía tener una parte femenina muy fuerte, porque era muy sensible.

—Por la parte de la rabadilla.

—¿Ah, no soy sensible?

—Es que eso de la sensibilidad va por momentos. Hay
días y días. Lo que sí está claro es que Maruja te estaba
tanteando.

—¿A mí? ¡Anda ya!

—Lo que yo te diga. Menuda bruja.

—Pero si tiene cuarenta años.

—A esa edad se los buscan más jóvenes. Se acabó
eso de que a los cuarenta has de salir con hombres de
cuarenta y cinco o cincuenta. Es la liberación total. Y
que conste que me parece bien, ¿eh?

—Bueno pues ella no iba a por mí, y lo de la sensibilidad...

—Deja de hablar de tu sensibilidad, ¿quieres?

—Sólo te digo lo que me dijo Maruja.

—Y yo te digo que andes con cuidado o te encontrarás
en la cama con ella haciéndote un favor.

—Pero ¡si no me gusta!

—Los tíos a la hora de hacerlo pasáis de si os gusta
o no.

—Pero ¿cómo puedes ser tan...?

—¿Realista? Miguel, tenéis una desconexión total
entre el cerebro y eso —apuntó su entrepierna—. Cada
cual funciona a su aire.

—Mira, será mejor dejarlo estar. No quiero discutir
ahora.

—Sí, será mejor. Y si lo dejamos ya sabes: puedes
hacértelo con Maruja.

—¡Miriam!

Guardaron silencio apenas unos segundos, para calmarse, acompasar sus respiraciones tras el conato de disputa y concentrarse de nuevo en el tema que les había llevado hasta aquel punto muerto.

—Tú me quieres, ¿no? —ella fue la primera en hablar.

—Sí.

—Y yo a ti.

Ninguno de los dos se levantó para ir hacia el otro. Continuaron mirándose desde sus respectivas distancias.

Buscaban algo más que decir.

Miguel le mostró a ella las palmas de sus manos desnudas.

—Bueno, así que, ¿nos casamos? —tanteó.

—Por mí... —se encogió de hombros ella.

—A mí, lo que digas.

—No, no, lo que digas tú.

—Es que si no...

—Pues eso.

—Después de tres años...

—Sí, sí.

—Entonces nos casamos.

—Vale.

—Es que dejarlo ahora... Sería una lástima.

—Sí, supongo.

—Una lástima, sí.

Se levantaron.

Dieron un paso y se abrazaron.

Después, un beso.

—Vaya —suspiró Miriam.

—Vaya —suspiró Miguel.

Otro beso.

Parecía...

Pero no. Ella se encargó de acabar el momento.

–Bueno, me voy.

Miguel parpadeó.

–¿No echamos un polvo?

–No, no tengo tiempo. Hablando, hablando...

–Es que me he excitado.

–Pues mira tú que bien.

–Uno rápido, mujer.

–Ya, para que te corras tú y yo me quede a medias. ¡Qué egoísta eres!

–No me correré hasta que no lo hagas tú.

–Anda el Superman. Que, de cada tres, uno aún se te va.

–No es cierto.

–Pues vale.

–¿No decías que llevábamos no sé cuánto sin hacerlo?

–Pero es que justamente ahora...

–Era para celebrarlo.

–Lo celebramos mañana por la noche. Tú compra el cava y yo traeré el resto.

–Vale. Estaré en casa a eso de las nueve.

–¿No podrías venir tú aquí?

–Pasado tengo una reunión a primera hora.

–Pues yo he de revisar un montón de contratos.

–¿Y al otro?

–Mejor nos llamamos mañana para quedar.

–Sí, mejor.

–Pero lo celebramos, ¿eh?

–¿Seguro que no podemos ahora?

–Que no, pesado. Ya tendría que estar fuera.

–Vale –alargó la «a» con generoso abatimiento.

Un último beso.

Después, se apartaron y ella comenzó a vestirse, a toda prisa. Pasó más tiempo en el baño, maquillándose de forma somera, que poniéndose el elegante traje chaqueta con el que salió una vez concluido todo. Miguel también estaba muy elegante con tu terno de ejecutivo agresivo coronado por una impactante corbata –regalo de ella– de color rojo sublime.

–¿Nos vamos?

–Sí.

Salieron del piso, llamaron al ascensor, entraron en el camarín y se quedaron mirando, cada uno apoyado en una de las paredes laterales. Miriam sonreía maliciosa.

–No te veo casado.

–Yo tampoco a ti.

–Pero está bien, ¿no?

–Supongo, no sé.

–Casi todo el mundo lo hace.

–Sí.

–Y si dos de cada tres funcionan...

–Bueno, ya veremos.

El camarín se detuvo en la planta baja. Atravesaron el vestíbulo acompañados por el repicar de los tacones de Miriam. El tráfico de la calle les golpeó implacable al asomarse al exterior.

–Te llamo –dijo Miguel acercándose a ella.

–Vale –dijo Miriam juntando los labios hacia afuera en forma de punto para recibir el suave beso final.

Un roce.

Después la última sonrisa.

Luego, cada cual enfiló un extremo de la calle, siguiendo direcciones opuestas, hasta perderse entre la multitud.

Amantes

SE HABÍA QUEDADO ADORMILADA, así que la voz de Carlos la arrebató de ese dulce preámbulo.

–Maldita sea, ¿ya son y cuarto?

La paz acabó de desvanecerse cuando él se levantó de la cama.

–¿Tienes que irte? –recuperó el hilo de la realidad.

–Tú dirás.

–Pero si acabamos de hacerlo.

–Hemos estado casi tres cuartos de hora. No está mal.

–Comparado con la última vez, desde luego –rezongó ella.

La última vez había sido visto y no visto. Catorce minutos de reloj. Por lo menos en esta ocasión se habían desnudado, metido en la cama, disfrutado…

Carlos entró en el baño.

–Mierda, ¡joder, Beth!

–¿Qué pasa?

Reapareció en la puerta del baño. Su dedo índice señalaba algo en el cuello.

—¿Qué es? —preguntó Beth sin ver nada.

—¡Esta marca!

—¿Qué marca?

—¡Esta marca! —repitió él—. ¿Cuántas veces he de decirte que no me aprietes ni me muerdas ni me arañes?

—Pero si no he hecho nada de eso.

—Pues ya me dirás.

—Carlos, si casi ya ni te toco.

—¡Es que a mí me salen morados con sólo soplarme, caramba!

—¡Carlos, que no te he hecho nada! —acabó enfadándose ella.

—Bueno —levantó las manos antes de volver a dejarlas caer—. Suerte que con Pura no tengo que hacerlo hasta el sábado. Espero que esto ya se me haya ido o tendré que hacerlo a oscuras para que no lo vea.

—Carlos, eres un cerdo.

Iba a meterse de nuevo en el baño y eso le detuvo.

—¿Por qué?

—¡No me digas cuando lo haces con tu mujer!, ¿quieres?

—Pero si...

—¿Cómo quieres que esté yo ahora el sábado, eh? ¡Si es que no tienes ni una pizca de sensibilidad, por Dios!

—Cariño...

—¿Te digo yo acaso cuando lo hago con Ezequiel?

Carlos lo pensó un instante.

—No —concedió.

—¡Pues ya está!

—Es que tampoco es lo mismo.

Los ojos de Beth echaron chispas.

—A veces te mataría —exclamó con las mandíbulas apretadas.

—Vale, tranquila.

Se metió en el baño. En menos de diez segundos el ruido de la ducha amortiguó cualquier otro sonido. Beth también se incorporó. Caminó hasta la ventana y miró a la calle. El tráfico era intenso.

Tampoco le vendría mal llegar antes a casa. Ricardito llevaba un par de días rondándola. Podía ser un simple constipado o algo peor, como una gripe.

Y sólo le faltaría que Ricardito tuviera la gripe.

Abandonó la ventana y caminó en dirección al baño. El espejo frontal la recibió casi con acritud. Había engordado, no más de un kilo, dos a lo sumo, pero se los notaba. Vaya si se los notaba. Como se dejara ir... Claro: ¿cuánto hacía que no pisaba el gimnasio?

Siempre de aquí para allá.

De culo, hablando en plata.

Y eso que muchas mujeres de su edad querrían tener su figura, y su peso, y su físico, y sus ganas.

Metió la cabeza por entre las cortinas de la ducha. El agua le caía a Carlos por el cuerpo formando torrentes incontrolados por todas partes. El sexo, antes mayestático, ahora no era más que un atisbo de nada. Parecía estar orinando sin cesar a causa del reguero líquido que caía de su extremo.

—Antes nos duchábamos juntos —le dijo a Carlos.

—Antes teníamos más tiempo —puntualizó él.

—Ya.

—Si te metes conmigo acabaremos otra vez en la cama.

—Menos lobos.

—Si no fuera porque he de irme zumbando, verías tú. ¿Se me nota?

Beth le miró el cuello. No tenía nada.

–Eres un histérico.

–Y tú una fiera.

–No me has visto tú en plan fiera.

–¿Ah, no?

–No –fue terminante–. El día que me dejes... –pensó en las posibilidades y agregó–: Claro que aunque me dejaras, tendría que ser con tiempo suficiente para que las marcas te desaparecieran, y eso sí que resulta complicado. Necesitaríamos un mes, y a partir del tercer día dejar de ser una fiera.

–A lo mejor tengo esa semana libre y podemos escaparnos.

–¿Qué te crees, que yo tendré también una semana libre, y además coincidiendo con la tuya?

–¿Ah, no? –a Carlos le cambió la cara.

–¿Estás loco? ¿Te crees que sólo trabajas tú o qué?

–Pensaba que...

–Pues no pienses, que se te caerá el poco pelo que te queda. ¡Estamos hasta aquí de trabajo, y con dos campañas pendientes además de esa maldita de los colchones!

Creyó que él iba a discutir lo de su trabajo, pero no fue así. Cerró la ducha, salió de la bañera y se miró en el espejo con cara de preocupado.

–¿De verdad me queda poco?

–¿Poco de qué?

–De cabello. Has dicho que me queda poco.

Lo habría matado.

–Te estás quedando calvo, cielo –fue deliberadamente cruel.

–Pues me pongo una cosa que...

Continuó el estudio de su masa capilar más y más preocupado.

–¿Me notas tú gorda a mí?

–¿Qué?

–¡Que si me notas gorda!

El grito le hizo pegar un brinco. Volvió la cabeza para mirarla.

–¿Gorda? ¿De qué estás hablando?

–¿No te parezco más... llenita?

Carlos no fue cruel.

–No.

–Bueno, a ti también te falta todavía un poco para quedarte calvo –concedió Beth.

Pareció que iban a darse un beso, a pesar de que él estaba empapado, pero su reacción fue la opuesta. Carlos tomó la toalla y empezó a secarse con vigorosidad. Ella se sentó en el inodoro, encima de la tapa bajada.

–¿No te duchas?

–No. Me gusta oler a ti.

–¿No te huele Ezequiel?

–Ezequiel no olería una mierda colgándole de la nariz.

–Pues Pura es un lince.

–Carlos, ¿me quieres hacer un favor?

–Claro. Dime.

–No vuelvas a mentar su nombre en mi presencia, ¿quieres?

Lo dijo despacio, palabra por palabra.

–¿Pasa algo? –se extrañó él.

–Pasa que estoy hasta las narices de ella. No la conozco, pero a veces es como si la conociera. Pura por aquí, Pura por allá. Cuando estás conmigo, estás conmigo.

–Perdona –la notó enfadada.

Muy enfadada.

–Si tan colgado estás de tu mujer, ¿por qué tienes un rollo conmigo?

–Un rollo. Por Dios –puso cara de asco–. Qué vulgar.

–¿Cómo quieres llamarlo, «una historia», «una aventura», «una relación»? Sí, eso de «relación» suena a «bisnes». Aunque mejor lo de la «historia», ¿no? Más empírico.

–¿Qué demonios te pasa hoy?

Beth se cruzó de brazos y expulsó una bocanada de aire.

–No lo sé.

–O sea, que te pasa algo.

–Te he dicho que no lo sé.

–¿No estarás embarazada?

–Y, si lo estuviera, ¿qué? Soy una mujer casada.

–Ya, pero...

–¡Que no estoy embarazada, por Dios!

–Sólo era una pregunta. Sí estás rara...

–Yo no estoy rara.

–Pues ya me dirás.

Tuvo ganas de saltarle al cuello. Tantas como de volver a la cama para repetir su vis a vis sexual.

Aunque fuese tan rápido como el último.

–¿Cuánto hacía que no nos veíamos?

–No sé –se frotó el cabello con vehemencia–. ¿Tres o cuatro días?

–Seis.

–¿Seis?

–Seis –repitió Beth.

–Bueno, que yo recuerde, anteayer no podías tú.

–Y las tres veces anteriores el que no podía eras tú. Ni cinco minutos.

–¿Cómo quieres que en cinco minutos salga del despacho, venga aquí, lo hagamos, vuelva...?

—La gente tiene cenas. Tú deberías tener más cenas. Tampoco recuerdo cuándo fue la última noche. Y aún menos la última que pasamos juntos de verdad. Toda.

—Pura conoce a... —se mordió el labio inferior nada más decir el nombre que Beth no quería escuchar—. Lo siento.

—¿Qué pasa, que ese al que conoce tu mujer en tu despacho no tiene a nadie?

—¿Ismael? No. Ese no.

—¡Todo el mundo tiene algo, por Dios! ¡Hasta la mujer de la limpieza de mi oficina se lo monta con el vigilante nocturno!

—¿En serio?

—A veces me sacas de quicio.

Se levantó del inodoro y salió del baño. Carlos la siguió ya completamente seco. Dejó la toalla en la cama y buscó su ropa, desperdigada por todas partes tras las efusividades de la llegada. Los calzoncillos estaban en la mesita de noche. La camiseta sobre la cómoda. Uno de los calcetines en el suelo. Del otro no había ni rastro.

—¿Has visto el otro calcetín?

—No.

—Pues no puedo irme sin él.

—La ventana no estaba abierta, así que ha de estar aquí. Búscalo.

Se sentó en la cama, todavía desnuda, con la espalda apoyada en el cabezal. Comenzó a rascarse el sexo indolente.

—No seas mala... —le sonrió él.

—Me pica.

Parecía molesta. Eso le preocupó.

Cuando Beth se enfadaba, se enfadaba de verdad. A veces era en extremo picajosa.

Demasiado picajosa.

El segundo calcetín no aparecía por ninguna parte. Y ya eran y veinticinco.

Si no salía zumbando a y media en punto...

–Beth, el calcetín.

Ella no se movió.

–Por favor...

–¿Por qué no miras ahí? –señaló la cama con los ojos.

Entre las sábanas, claro.

Se lo había quitado en plena faena.

Comenzó a buscarlo. No tuvo que hacerlo demasiado. El segundo calcetín apareció al momento, aunque al fondo, casi a los pies del rectángulo azulado.

–¡Uf! –respiró Carlos.

Se encontró con una rabiosa mirada por parte de ella.

–Vamos, cariño –intentó contemporizar la situación, o lo que fuera.

–A veces no sé por qué me lié contigo –le declaró la guerra.

–Coño, porque nos enamoramos.

–¡Anda ya! –su cara testimonió lo que pensaba del tema mucho más que sus palabras.

–¿Ah, no?

–Tú querías follar con alguien, para sentirte vivo, para ser como todos, para tirarte el rollo, para creer que aún funcionas. Nada más.

–¿Y tú no?

Se vestía a toda prisa, pero no le estaba gustando nada el cariz de la conversación. Barruntaba tormenta. Y no tenía tiempo ni para un relámpago. Ni para una gota de lluvia.

–Una mujer es distinta.

–Ya estamos.

–Yo sí me enamoré. Aún no sé por qué –le aclaró–, pero me enamoré. Supongo que me pillaste en un mal momento.

–Tardé dos años en pillarte en ese mal momento –le recordó él.

–¿Qué querías, que me acostara contigo a la primera?

–No, pero...

–Pude haberme ido con Fernando.

–No te gustaba.

–No estaba mal.

–Pero no te gustaba.

–Era un poco cretino. Pero para echar un polvo...

–No seas absurda.

–¿Crees que lo nuestro es distinto?

–Pues claro.

–No sé si eres un ingenuo o un gilipollas o las dos cosas a la vez.

–Desde luego, menudo día tienes.

Ya se había puesto los calzoncillos, la camiseta, los calcetines y el pantalón. No le gustó el aspecto de la camisa, demasiado arrugada. Fingió que no pasaba nada.

–Si es que esto no es un rollo ni es nada, por Dios –bufó Beth.

–Porque llevamos unas semanas con demasiado trabajo, nada más.

–¿Unas semanas? Este mes nos hemos visto dos veces, el anterior tres, y el otro cuatro. ¡Ni que viviéramos a mil kilómetros!

La camisa. La corbata. Volvió al cuarto de baño para peinarse. Se le secaría en unos minutos. Mientras conducía.

¿Por qué había tenido que quedar con Pura para ir al cine?

–Mañana tengo dos horas, ¿ves? Pensaba darte la sorpresa antes de irme.

Ya se iba.

¿Dos horas? No iba a comer, claro.

–Mañana tengo cuatro reuniones –le anunció ella.

Salió del baño con las cejas arqueadas. Beth volvía a rascarse el sexo. El «frus-frus» tenía un algo de música erótica. Desde luego, de aquella forma, no parecía una ejecutiva agresiva de altos vuelos.

–¿Qué?

–Cuatro.

–No lo dirás en serio.

–A ti qué te parece. ¿Crees que sólo tú eres importante? –cambió el tono para decir–: ¿Pasado?

–Es el cumpleaños de Cinta.

–¿Y si me hago amiga de tu mujer? Así al menos te vería en los cumpleaños y los santos y las comidas y las cenas que montáis.

–No seas sarcástica.

–El fin de semana... nada de nada, evidentemente.

–¿Podrías tú?

–Si me monto un viaje a Londres, sí.

–¿Y pasaríamos el fin de semana aquí?

–Encerrados. Sin salir para nada. Sólo follando.

–Ni que fueras una ninfómana.

–¡Quiero hacerlo tres veces seguidas durante cuatro o cinco horas! –gritó de nuevo furiosa.

–Pues el fin de semana ya sabes que no puedo. Ni hablar.

–Eres un cagueta.

–No soy un cagueta.

–Oh, sí lo eres. Un cagueta de primera. Tu prójima te tiene atado y bien atado. Por el cuello, diría yo.

–Mucho hablar pero seguro que, si te digo que sí, la que no puede eres tú.

–Ponme a prueba.

Ya era más de y media. Pasaba un minuto.

–¿El lunes? –tanteó dispuesto para la retirada.

–¿No tenías lo de González? Me dijiste que era el diecisiete.

–¡Uy, es verdad! –cerró los ojos absolutamente pillado.

–El martes y el miércoles no puedo yo. El jueves sí.

–¿A mediodía?

–Por la tarde.

Mejor no cabrearla más. Si no podía, ya la llamaría. Aunque mejor que pudiese. Fernando aún la rondaba, el muy cerdo.

Y en la cama era la mejor.

Mejor que Sonia, que Lisa, que Edelmira...

Pensar en todas le produjo una extraña sensación.

Eran otros tiempos.

–El jueves, de acuerdo.

–Carlos –le apuntó con un dedo imperioso–. Si me llamas para anularlo ya te puedes ir haciendo lo de los eunucos, ¿vale?

Era lista.

Y estaba muy buena. Para su edad.

–El jueves.

Ella cerró los ojos.

–Eso está al otro lado de la vida ahora mismo –musitó.

–El mes que viene tendré más tiempo, palabra.

–Ven.

–Beth...

–Dame un beso antes de irte, ¿no?

Se acercó a la cama. Ella extendió los brazos en su dirección. Le atrapó y le atrajo hacia sí antes de que pudiera reaccionar. Ya llevaba puesta la americana, pero cualquiera le decía que no se apretara contra él para no dejar ningún rastro de su perfume. El beso fue demoledor. Tuvo una erección.

Y más cuando ella le cogió la mano y se la llevó al sexo.

–Beth...

–Voy a salir al rellano en pelotas y se lo pediré al primero que pase.

–En esta escalera todos son viejos.

Bendita la abuela, que se había muerto tres años antes y el piso aún se mantenía vacío y disponible.

–Pues será una nueva experiencia.

–No seas tonta.

–Dime que me quieres.

–Te quiero.

–No, así no.

–Te quiero.

–Mejor.

–¡Te quiero!

Un beso más. La mano allí. Cinco minutos pasando de y media.

Como llegasen tarde al cine, Pura le iba a matar.

Si antes no le mataba Beth.

Desde luego tener una amante era complicado.

Logró apartarse de su lado y ponerse en pie. Ella lo abrasó con una mirada de deseo y furia.

–Asqueroso.

–Te quiero –dijo él más calmado.

–Vete a la mierda.

–El jueves.

–¿De qué año?

Llegó a la puerta de la habitación. La miró por última vez. Quizás fuese demasiado agobiante.

Todo el día trabajando, con la cabeza llena de problemas, y encima broncas.

Sexo, pero también broncas.

Y para el jueves siguiente faltaba una eternidad.

—Por lo menos te llamaré mañana —suspiró.

No obtuvo respuesta, así que le dio la espalda y salió de la habitación. Sus pasos se alejaron por el pasillo de la vieja casa. Iban acelerados. Beth escuchó el ruido de la puerta al cerrarse. Entonces se puso en pie.

Desde la ventana vio cómo Carlos corría en dirección al parquin.

Y cómo salía su coche, un minutos después, igual que si estuviera dispuesto a participar en una competición de velocidad.

—Imbécil —susurró.

El coche de Carlos se saltó el semáforo en rojo de la esquina.

Luego se apartó de la ventana y empezó a vestirse, con cierta prisa, no fuera que, después de todo, ella también llegara tarde a casa.

Hacía ya cinco minutos que tendría que haberse marchado.

Soy virgen

Se lo dijo casi al oído, en voz muy baja, mientras él trataba de meterle la lengua en la oreja.

–He de decirte algo.

Ni se inmutó.

–Nacho.

–Qué bien hueles...

–Nacho, por favor.

–¿Qué, qué pasa?

–He de decirte algo.

–Tranquila, son los mejores condones que hay.

–No es eso.

Estaba encima, dispuesto para la embestida final. Y a mil.

–Te quiero, ya lo sabes.

–Ya lo sé, tonto.

–Vamos, relájate. Estás un poco tensa, ¿no?

–Nacho, es que soy virgen.

–Ya.

–Que es en serio. Que nunca lo he hecho.

Se detuvo. Dejó de moverse por encima de ella como si quisiera someterla con múltiples llaves de judo. Le faltaba el último empujón para completar la conquista vaginal.

–¿Cómo que eres virgen?

–Pues eso, que lo soy. Virgen del todo.

–Venga, mujer.

–No lo había hecho nunca.

–Anda ya.

–Que no.

Nacho empezó a cambiar de cara.

–¿No?

–No.

Hablaba en serio. Lo entendió de golpe. Muy en serio.

Se le encogió con la misma rapidez que se quedó blanco.

–¡No me digas!

–Ya ves.

–Pero...

–Quería que lo supieras.

–¿Qué edad tienes? –se estremeció de pronto.

–Veinticinco.

–¿Seguro?

–¡Pues claro!

–Menos mal. ¿Y nunca...?

–¡No! ¿Cómo quieres que te lo diga? No, nunca.

–Pero eso es imposible.

–No veo por qué.

–¡No hay nadie virgen a los veinticinco años!

–Yo soy virgen a los veinticinco años.

–¡Pero si estás buenísima!

–Gracias. ¿Y qué?

–Es que... –buscó argumentos sólidos–. ¡Todo el mundo lo hace en la adolescencia!

–Ya. Y luego acaban como acaban.

–¡Pasándoselo de coña!

–Nacho, no seas ordinario.

–Si es que no puedo creerlo.

–Caramba, pues si lo sé no te lo digo, aunque pensaba que era lo más normal.

–Pero si en el coche...

–Una felacioncita no es como hacer el amor.

–Pues a mí nadie me había hecho una mam... una felación como tú me la hiciste.

–Porque ahí sí que he practicado.

–¡Ay, la hostia!

–¿Qué pasa?

–Chup... hacérselo a alguien con la boca ¿no es como hacer el amor?

–Desde luego que no. No tiene nada que ver. Recuerda a la Lewinsky.

Ya la tenía encogida, del todo. Se apartó de encima suyo.

–¿Qué haces? –protestó Irene–. ¿Adónde vas?

–¿Cómo que qué hago? Si es que me has dejado... ¡Esto es muy fuerte!

–No veo por qué ha de ser tan fuerte.

–¿Ah, no?

–Eres el primero. Pensé que te alegrarías.

–¿Alegrarme? ¡Joder! ¿Hablas en serio?

–Soy tuya. ¡Vas a estrenarme! ¡Me he guardado para ti! ¿Qué más quieres?

–¡Eso era antes, cuando cada tío quería ser el primero y el único y todos iban de machistas y falócratas y dominantes! Pero ¿ahora? ¡Ahora queremos experiencia!

–O sea, que haberme preservado para ti, sabiendo que existías aún antes de conocerte, ¿no cuenta?

–Contar... contar, lo que se dice contar...

–No puedo creerlo.

–Ni yo. Tú dirás.

La miró como si fuera una extraterrestre, apoyado sobre el codo, a un lado de la cama.

Una bellísima extraterrestre rubia, con ojos azules, labios carnosos, cuerpo de modelo, pechos breves. Un sueño hecho realidad.

O ella tenía mucha fuerza de voluntad, o todos los que la habían conocido eran retrasados mentales.

¿En qué estarían pensando?

–¿Con cuántas has estado tú, cielo?

–¿Yo?

–Sí, tú. ¿Con cuántas?

–No sé.

–Sí sabes.

–No lo recuerdo.

–Sí lo recuerdas.

–En serio, que no...

–Así que son muchas.

–Muchas no, mujer.

–Si no lo recuerdas es que son montones.

–No. Montones, no –quiso dejarlo bien claro.

No le gustaba el giro de la conversación.

–Entonces lo recuerdas –insistió Irene–. ¿Cinco? ¿Diez? ¿Diecisiete?

–¿Diecisiete? Vaya número tan raro.

–No despistes. ¿Más de diez? ¿Menos de veinte?

–Tres o cuatro.

–Si has estado con tres o cuatro, las recuerdas seguro. Y también sus nombres y cuándo.

—¿Quieres que me ponga ahora a contarte mi historial bélico?

—Como que yo no tengo ninguno...

—Es que, aunque lo tuvieras, yo no querría saber el tuyo, ¿estamos?

—Pero si no me importa, de verdad. No soy celosa. Y entiendo que los hombres necesitáis... más, otra clase de relaciones. A estas alturas qué vas a decirme a mí. Pero son cosas pasadas, nada más. Si hubieran salido bien, no estaríamos ahora juntos. Míralo así. Gracias a que yo no lo he hecho y a que tú no llegaste a nada con tus ligues, ahora nos queremos, y vamos a entregarnos el uno al otro.

—Ya, pero es que de pronto el polv... bueno, hacer el amor se ha convertido casi en algo...

—¿Algo qué? —le animó a seguir.

—No sé, algo... trascendental.

—No veo por qué.

—¡Porque es tu primera vez, coño!

—¿Y qué?

—Si no te dejo satisfecha, si te hago daño, si no consigues que sea un instante sublime... ¡qué se yo! ¡Puedo traumatizarte de por vida!

—Qué exagerado eres, Nacho.

—¿No sabes la de tías que no llegan nunca al orgasmo?

—¿Y es porque la primera vez les salió mal?

—No sé. Yo digo lo que he oído por ahí.

—Eres un crío.

—Un crío yo. Lo que faltaba.

—Ni que fuera un compromiso.

—¡Es que es un compromiso!

—Pareces un profesional dispuesto a quedar bien con el cliente.

–Profesional no, pero soy consciente de que es algo serio.

–Cariño, yo te quiero.

–Y yo a ti.

–Pues entonces... –le pasó una mano por la cara, afectuosa–. Pareces afectado.

–Tú dirás.

–Te lo he dicho para que te sintieras orgulloso, y fueras dulce, y comprensivo, y no me achucharas como si quisieras taladrarme, y sobre todo para que supieras que, por donde vas a pasar, no ha pasado nadie.

–¡Ay, calla!

Volvía a estar blanco.

–Pero Nacho...

–¡Si es que me siento como si se lo hiciera a una quinceañera y fueran a encarcelarme por corruptor!

–Qué exagerado eres.

–¿Qué dirías tú si nada más entrar ya me corriera?

–Pues no sé.

–Yo sí sé. Me dirías: «¿Ya está? Qué poco aguante. Qué poca experiencia».

–Yo nunca te diría eso.

–Pues lo pensarías.

–Yo nunca pensaría eso.

–¡Irene, que he estado con...! –rectificó rápido–. Bueno, que sé de qué va esto. A nuestra edad lo que cuenta es la experiencia. Si yo lo hiciera en diez segundos sería un desastre. ¡Y los desastres se tienen a los diecisiete años, no a los veintisiete! Por eso practiqué algo antes. No mucho, pero algo. Para poder estar ahora a la altura.

–O sea, que el problema es que yo no voy a estar a la altura.

–No, tampoco es eso.

–Pues ¿qué es?

–¡Ay, mira, no sé! –se dejó caer de espaldas sobre la cama.

La que se acodó ahora para verlo fue ella.

–Te aseguro que aprendo rápido.

–Como esté dale que te pego una hora te escocerá y te dolerá y...

–¡Hala! ¿Una hora? ¡Mmm...! –le pasó la mano libre por el sexo.

No reaccionó.

–¡Si me lo hubieras dicho antes!

–¿Para qué?

–Para prepararme.

–¿Qué pasa, me habrías enviado a un curso intensivo de sexo rápido para ponerme al día?

Nacho no dijo nada. Ella dejó de acariciarle.

–¿No irás a dejarme ahora así, verdad?

–No, si yo ya...

–Porque tengo muchas ganas.

–No me extraña.

–Llevo días imaginándomelo todo.

–No me extraña.

–Si te pones grosero o sarcástico me levanto y me visto.

El susto empezaba a pasar. Desde luego, no quería que se fuera. Sólo necesitaba reordenar un poco las ideas. Cambiar la perspectiva. Reciclar las motivaciones.

Y recuperar las ganas.

Algo aún difícil con aquel sudor frío invadiéndole cada vez que lo pensaba.

–¿Nunca has tenido deseos de...? –la miró de golpe, incrédulo.

–¡Pues claro que sí! ¡Me han puesto a mil una docena de hombres! ¡Pero en unos casos no era amor, y en otros no me apetecía tanto como para perder mi virginidad, y en otros sabía que sólo sería una aventura y después... si te he visto no me acuerdo! ¡Así que lo evitaba!

–¿Cómo, flagelándote?

–Las mujeres somos distintas. Nosotras no tenemos erecciones ni vamos por ahí tan quemados como vosotros.

–La de tíos a los que habrás puesto cachondos y habrás dejado para duchas de agua fía.

–¿Y así es como me lo agradeces? Tú no vas a ducharte. Tú, conmigo. Toda. Mírame, Nacho.

No hacía falta que lo hiciera. Habría dado la mano izquierda por acostarse con ella. Desde el primer día juró no pedir nada más a los cielos si Irene caía.

Y no sólo es que estuviese buenísima.

Es que tenía una pinta de...

La conexión entre su cerebro y su sexo volvió a activarse.

–Supongo que es como tener el sarampión o la gripe o algo así –suspiró.

–Desde luego –protestó ella haciendo un mohín–, hombres como tú sois lo que dais mala fama a las cosas más simples. Luego hay quinceañeras que lo hacen porque ya lo han hecho todas las amigas y no quieren ser las últimas, o por probar, y pasa lo que pasa. Y, si no lo hacen, que si se te «van a hacer telarañas», que si se te «va a oxidar», que si eres una mojigata, que si vas para monja... Ya nadie aprecia la entereza, la fuerza de voluntad, la vocación de entrega.

–Apreciar sí lo aprecio.

–No lo demuestras.

–Si es que me lo has dicho en un momento que...

–¿Y ahora...?

–No, si ilusión me hace.

–¿De verdad?

–Claro.

–Es que si no...

Ahora ella parecía a punto de echarse a llorar.

–Que sí.

–¿Me quieres?

–Pues claro, tonta.

–¿Aunque no tenga experiencia?

–Habrá que remediar eso –consideró dulcificando la expresión–. Dos o tres veces al día en los próximos meses y a punto.

–¿Tanto?

–A ver.

–El sexo sin amor no es amor, ¿verdad, cariño?

–Como el amor sin sexo.

–Ah.

No estaba muy segura de lo que había querido decir él, pero se encontró con sus labios sellados por un beso. Extendió otra vez la mano y comprendió que la situación tendía a normalizarse.

Muy rápidamente.

Había pasado la tormenta.

–Desde luego, cómo sois los hombres –susurró dejando que él se pusiera de nuevo encima.

–Pues mira que las mujeres... –dijo Nacho volviendo a la carga para intentar meterle la lengua en la oreja.

Hemos de hablar

—ARTURO, HEMOS DE HABLAR.

Deslizó sus ojos por encima del periódico con un gesto rápido. Había oído tantas veces esa frase, en decenas de películas baratas, que le pareció extraña en labios de ella, y disonante en el silencio de su propia sala de estar.

Miró la tele.

No, no, desde luego era cosa de Teresa.

—¿Hablar?

—Sí.

—¿De qué?

—Tú sabes de qué.

—No, no lo sé.

—Arturo, lo sé todo.

—¿Qué es lo que sabes?

—Lo tuyo con Elisa.

El periódico se le dobló en dos, longitudinalmente, como si hubiera perdido toda su consistencia y verticalidad. Eso fue una fracción de segundo antes de que él lo acabara apartando para dejarlo encima de la mesita.

—¿Lo mío con...? ¿De qué estás hablando?

—Ten la decencia de no mentirme, por favor.

—Yo no te miento. Eres tú la que está alucinando.

—Arturo...

Hizo un gesto de fastidio, y lo acompañó con una expresión de cansancio. Él permaneció igual.

Tranquilo.

—¿De veras crees que tengo una historia? —preguntó.

—¿Ahora lo llaman así, «historia»? ¿O es mejor decir «relación»? —cambió de tono para gritar, de pronto—: ¡Yo lo llamo aventura!

—Teresa, no grites. Los niños...

—¡Mira quién habla de niños! ¡Poco te importan a ti los niños!

—Teresa, ya vale, ¿no?

—¿Ya vale?

—Sí.

—De acuerdo, ya vale. Vete.

—¿Qué?

—Ahí está la puerta. Vete. Anda, lárgate con Elisa. Hemos terminado.

—¿Quieres parar con eso de Elisa? ¿Quién es Elisa?

—Tú sabrás. Yo no la conozco.

—Yo tampoco.

—O sea, que tiras por el camino fácil, negarlo todo.

—Teresa, ¿quién es Elisa? —lo preguntó despacio, remarcando las sílabas.

—Mira, el que se la tira eres tú. ¡Oh, perdón, el que tiene una «historia»!

—Yo no tengo ninguna historia —volvió a hablar despacio—. ¿Te has vuelto loca o qué?

–Tienes una historia.

–Que no.

–Oh, sí, la tienes.

–¿Vamos a mantener un diálogo de besugos?

–Mira, Arturo... no juegues conmigo.

–Teresa, ¿de dónde has sacado eso de Elisa?

–Una de dos: o yo sueño que tú sueñas y hablas en voz alta, o no he soñado nada y lo he oído perfectamente.

–¿Yo he dicho ese nombre dormido?

–Ajá.

–Increíble.

–¿Verdad? –se cruzó de brazos, socarrona.

–Pues sí. ¿Y qué digo?

–Oh, gimes y todo eso.

–¿Qué es exactamente «todo eso»?

–¡Ah! ¡Sí! ¡Más! ¡Mmm!... –puso toda suerte de caras expresivas.

–¿Hemos visto alguna película últimamente con alguien llamado Elisa?

–¡Arturo!

Estaba muy enfadada. Para ser más preciso, notaba que estaba cabreada. Menos mal que no tenían ninguna pistola en la casa. Un cuchillo enorme sí, en la cocina. Pistolas, no.

–¿Sólo porque me has oído decir un nombre en sueños he de tener una historia?

–Es que no es sólo el nombre. Ahora me doy cuenta. Ahora lo entiendo todo.

–¿Qué más hay?

–¿Quieres la lista completa?

–Ya puestos... a ver si me entero.

–¡Qué cínico eres!

–Yo no soy cínico. Tú sí estás loca.

–¡Yo no estoy loca!

–Entonces dime qué más hay.

–Ayer llegaste una hora tarde.

–Paco y yo tomamos un refresco a la salida del trabajo para comentar unos temas.

–Paco estará aleccionado por ti, es evidente.

–¿Sólo porque ayer llegué una hora tarde...?

–Anteayer me llamaste para decirme que no vendrías a comer.

–Tenía una reunión. La montaron de improviso por un cliente que...

–El lunes te llamé al trabajo y no estabas.

–Porque había ido a ver a otro cliente. Por Dios, ¿crees que si tuviera un lío lo tendría en horas laborales?

–¿Y la cena de la semana pasada?

–Pues eso: una cena.

–Ya.

–Cariño, que fue una cena, en el Restaurante Manolo.

–Te habrás cuidado de tener coartadas para todo.

–Frío y calculador.

–Todos los hombres sois iguales.

–¡Anda con la frase! –bufó sarcástico–. Mucha tele ves tú.

–¡Mira Arturo no me calientes!

–¿Yo? Pero si te lo estás montando todo tú solita.

–Hace dos semanas encontré una lata de cola «light» en la guantera del coche, y yo no tomo cola «light». Eso lo toman las chicas monas que tratan de mantener el tipo.

–Pues deberías tomar cola «light», cariño.

–¡Arturo...!

–Vale, vale –trató de poner paz–. Había una lata, ¿y qué?

–¿Quién se dejó esa lata?

–¿Hace dos semanas? –puso cara de memoria retroactiva–. No lo sé. Ni idea. Llevaría a alguien y eso es todo. Mucha gente toma refrescos «light», no sólo «las chicas monas».

–No sé cómo puede gustarle a nadie que no sea una descerebrada eso de la cola «light». Es un camelo.

–Pues ya ves. ¿Alguna prueba más?

–¿Qué, te lo tomas a broma, eh?

–Teresa, la verdad...

–El fin de semana de hace un mes.

–El fin de semana de hace un mes –repitió él despacio, calculador–. Sí, me fui al cursillo de reciclaje.

–¿Solo?

–No, con Elisa si te parece.

–¡Pues claro que fuiste con ella, ahora lo veo claro!

–¡Pero qué perra te ha dado con eso!

–¡He visto la VISA esta mañana! ¡No tenías ningún gasto!

–Por supuesto que no tenía ningún gasto, como que pagaba la empresa.

–¡Tú te has cuidado de que la VISA esté limpia como una patena!

–¿Estás loca?

–¿Y la habitación? ¿Eh? ¡La habitación era de matrimonio! ¡Vi la factura cuando llegaste, por la mañana! ¡No le di importancia pero ahora al recordarlo...!

–En primer lugar, siempre nos dan habitaciones dobles «para uso individual», que era lo que ponía la factura. En todos los hoteles y para mayor comodidad, si hay espacio, hacen eso. Y, en segundo lugar, en esa ocasión, dormí con uno del despacho llamado Esteban.

–¡Esteban no creo que se ponga Chanel Nº 5!

–No, no se pone eso, seguro.

–¡Pues tú a veces hueles a Chanel Nº 5!

–A veces en el ascensor alguien lleva perfume y lo impregna todo. A veces en el guardarropa del restaurante te ponen el abrigo al lado del abrigo de una mujer que huele así, y se pega. A veces te presentan a alguien, le das un beso en la mejilla y se te pega. ¡Yo qué sé! ¿Quieres que vaya por ahí en una bolsa de plástico, o con uno de esos trajes para no contaminarte!

–¿Y las rosas?

–¿Qué rosas?

–Hace un mes me regalaste rosas.

–Porque hacía diez años que lo habíamos hecho por primera vez.

–¿Qué clase de aniversario es ese?

–Coño, el mejor y más importante.

–¿No será que te sentías culpable de lo tuyo con Elisa?

–Teresa, cielo –puso cara de cansancio supremo–. Te juro que a la primera Elisa que conozca le pido que tengamos una aventura, porque me estás dando una noche de aúpa.

–La que te mereces, ¡sátiro!

–¿No te das cuenta de que todo son conjeturas, la película que te has montado y nada más?

–¡Una mujer sabe cuándo le engaña su marido!

–¿Cómo, por arte de magia?

–Intuición. El sexto sentido femenino.

–Pues tu intuición está alterada, y tu sexto sentido necesita pasar la ITV urgente.

–Arturo, mírame.

–Ya te miro, ya. ¡Jo, sí que te miro!

–Júrame que no hay ninguna Elisa.

–Te lo juro.

–Júrame que no me engañas.

–Te lo juro.

–No te creo.

–Oh... por Dios –hundió su cara entre las manos, pero continuó sentado en la butaca.

Teresa permanecía también de pie, ante él, con los brazos cruzados a la altura del pecho y su cara atravesada por la turbulencia de mil furias en constante ebullición.

–Nunca habría creído esto de ti. Yo, que te he dado los mejores años de mi vida, dos hijos, paz y estabilidad, y que encima renuncié a todo.

–¿A qué renunciaste?

–Tenía un trabajo estupendo.

–Pero si siempre me decías que era una mierda y que el jefe te perseguía como un obseso.

–Habría mejorado, seguro. Y no olvidemos a Gustavo.

–Ya salió Gustavo.

–Sí, ya salió. Pude haberme casado con él, pero te escogí a ti. ¿No significa eso nada para ti?

–¿Quieres que te dé las gracias después de diez años?

–¡Quiero respeto! ¡Gustavo nunca me habría engañado con otra!

–¡Pero si Gustavo está separado y vive con una que...!

–¡Seguro que fue cosa de la guarra con la que se casó, porque él era una estupenda persona!

–Cariño, yo diría que fue al revés.

–¡Bueno, me da lo mismo, no quiero hablar de Gustavo! ¡Estábamos hablando de Elisa y de ti!

–¿Hablando? Yo más bien diría gritando.

–Ya no niegas que haya una Elisa, ¿eh? –dijo ella triunfal.

–No hay ninguna Elisa.

–¡Debería cruzarte la cara!

–Cariño, debes de estar depre, o lo que sea. Te estás montando una película que no veas. Y me estás dando un dolor de cabeza de campeonato.

–¿Y por qué no te enfadas?

–¿Que por qué no...? ¿Qué quieres, que grite?

–Si te acusara falsamente gritarías.

–¿Cuándo he gritado yo?

–Si te acusara falsamente lo harías.

–O sea, que si grito y nos enfadamos y todo eso, me creerás.

–No, tampoco voy a creerte.

–Ah, pues entonces no grito.

–¡Arturo no me saques de quicio!

–Teresa –puso las dos manos abiertas delante de él para dar más énfasis a sus palabras–: no hay ninguna Elisa, no sé qué dije en sueños ni falta que hace, no tengo ninguna aventura, no te he engañado, y te quiero aunque no tomes refrescos «light» y te estés dejando llevar. ¿Vale? Pues eso.

–¡Qué valor, qué cinismo!

–¿Tienes pruebas?

–Es que si las tuviera ya te habría echado a patadas.

–Y como no las tienes, por una simple intuición o por vete a saber lo que he dicho en sueños y tú has creído entender, me montas el número y me gritas que me vaya. Genial.

–¿Tienes pruebas tú de que eres inocente?

–¿Yo? Es como pedirle a uno que se ha ido a dar un paseo que demuestre que ha paseado. ¿Por qué tendría que reunir pruebas de que he estado paseando?

–Ya no voy a poder confiar en ti.

Arturo sostuvo su mirada unos segundos.

–Me estás preocupando, ¿sabes? Estás de psiquiatra.

–Elisa...

–Por favor, basta ya. No conozco a ninguna Elisa.

–A lo mejor no era Elisa, era Elsa, o Elisenda... que se yo.

–O Carlota, o Eduvigis, o María del Mar.

–¡No te lo tomes a guasa! ¿Es que encima vas a reírte?

–Cariño, o me río o me enfado, y no quiero enfadarme. Además, es la primera vez que te veo en plan celoso y hasta me hace gracia. Te pasas, pero me hace gracia, mira tú. ¡Hay que ver la película que te estás montando!

–¿Y lo que sufro?

–Ahí, ahí, que encima lo pasas fatal.

–Porque yo no soy como esas que lo saben y callan, y venga a tragar. Yo no, ¿eh?

–Sólo faltaría. Pero, de la misma forma, te recuerdo que una relación se basa, ante todo, en la confianza. Y tanto daño me hacen a mí tus sospechas infundadas como te lo haces a ti misma a causa de ellas. ¿Puedo hacerte una pregunta?

–¿Cuál?

–¿No habrás hablado últimamente con la loca de Herminia?

–¿Y si he hablado con ella qué?

–Cariño, Herminia, desde que la dejó su marido y ha descubierto la «dolce vita», está ida, traspuesta, loca. Ahora se dedica a los jovencitos y no para de deciros a las amigas que es genial, y que todos los maridos son unos crápulas, y que el mejor estado es el divorciado en general, y que somos unos cerdos y qué sé yo qué más.

–No es verdad.

–¡Me lo ha dicho a mí en la cara!

–Herminia lo ha pasado fatal.

–Y ahora se ocupa de que lo paséis mal todas las demás.

–Bueno, pues no he hablado con ella.

–Mejor, porque si fuese así...

–Si fuese así, ¿qué?

–Pues que no quiero que acabes como ella, cielo.

–No acabaré como ella si tú no me engañas.

Parecía más calmada. Ya no gritaba. Hablaba.

–Yo no te he engañado, y te quiero, pero no sé qué más decirte. Todo eso de la VISA y los hoteles y las reuniones... Menudo número.

–Es que me he pasado el día revolviendo cosas y recordando y...

–Ven.

–No.

–Ven, va.

Fue.

Arturo tenía las dos manos extendidas. La cogió y la hizo sentar en sus rodillas. La miró sonriendo.

–¿Vale ya?

–No sé. Eso tú –le puso morros.

–Yo nada. Bastante trabajo tengo, que ya sabes que no paro.

–¿Aún tienes suficiente conmigo?

–Si tomaras colas «light» estarías mejor pero...

–O sea, que estoy gorda.

–Era broma, mujer. Aunque tendrías que irte cuidando.

–Antipático.

–Tonta.

Cedió. Su sonrisa acabó desarmándola. Suspiró y le rodeó el cuello con los brazos. Se besaron en mitad de la renacida paz. Al separarse, ella lo miró con un rostro de lo más aséptico.

–Si me engañaras, te mataría –le dijo.

–Ya lo sé.

Se levantó y se atusó la falda.

–¿Qué quieres para cenar?

–Me da igual, ya sabes que llevo unos días sin mucha hambre.

–Vale, voy a casa de la vecina a buscar unos tomates.

–De acuerdo.

Teresa se alejó. Salió de la sala y se dirigió a la puerta del piso. Recogió las llaves y la cerró una vez estuvo en el rellano. No tuvo que esperar demasiado a que su vecina le abriera la puerta de su casa.

–Hola, Lola.

–¿Qué tal? –le preguntó con ansiedad.

–Nada.

–Bueno, me alegro –se tranquilizó la vecina.

–He insistido pero... nada de nada.

–Yo se lo haré mañana.

–Tu marido es un santo. Seguro que no...

–Por probar...

–Eso sí, ¿ves? ¿Me dejas telefonear?

–Adelante, mujer.

Entró en el piso y ella misma se introdujo en la salita donde los vecinos tenían el teléfono. No le hizo falta encender la luz. Tuvo de sobra con la que llegaba del pasillo. Lola la dejó sola. Marcó el número de memoria y esperó. Al otro lado se escuchó una voz femenina.

–¿Sí?

–Herminia, soy yo.

–¡Hola, Teresa!

–Le he hecho la prueba.

–¿Y qué?

–Limpio como una patena.

–Vaya, qué suerte. ¿Seguro?

–Mujer, no hay nada seguro pero... Ni ha gritado, ni se ha enfadado, ni ha montado el número a la defensiva, ni se ha puesto rojo ni pálido ni nada de nada.

–Pero lo habrá negado.

–Una y otra vez, eso sí. Pero es que si no tiene nada...

–Bueno, bueno. Ya te digo que me alegro. Pero Pili y Mariuca pillaron a los suyos con la prueba. Es infalible.

–A mí me ha sabido mal después.

–Pues que no te lo sepa. Si son inocentes, no pasa nada y así están alerta y se dan cuenta de que no nos chupamos el dedo. Es un toque. Un aviso. Y si son culpables... caen como moscas. ¿Llamas desde casa?

–No, estoy en casa de una vecina que también le hará la prueba mañana a su marido.

–Yo me voy de juerga dentro de un rato con un taxista.

–¡Cómo eres!

–Tiene veintisiete años, tú. ¡Y está...!

Tuvo que escucharla unos minutos. Tal vez Arturo tuviera razón y estuviese loca.

Pobre Arturo.

A través de los cristales de la salita vio su piso. Una forma humana se movía detrás de los visillos. Arturo también hablaba por teléfono. El pobre trabajaba demasiado.

Quería colgar cuanto antes y regresar y compensarle el mal rato que acababa de hacerle pasar.

Se sentía fatal.

En su piso, al otro lado de las ventanas del patio de luces, Arturo dejó de morderse el labio inferior al establecerse la comunicación tras media docena de zumbidos. Se quedó quieto.

–¿Ágata? Soy yo.

–¿Qué pasa? ¿Dónde estás? ¿Por qué me llamas a esta hora?

–Y si cuelgo, tranquila. Es que ha ido a casa de una vecina. Cariño, aún estoy temblando. Quería oír tu voz y calmarme.

–¿Por qué?

–Por un momento creía que lo sabía. Lo he negado todo, y con un aplomo que no sé de dónde lo he sacado, pero ha sido... –acompasó su corazón y continuó–: Me ha preguntado si tenía un lío, y salvo por el nombre, una tal Elisa, es que lo ha acertado todo, lo del fin de semana que pasamos juntos, lo de ayer y anteayer... ¡Todo! Menos mal que tengo sangre fría, que si no... ¡Incluso encontró una lata de cola que te dejaste tú!

–Bueno, pero ya está ¿no? La has convencido.

–Sí, pero tendremos que ir con mucho cuidado desde ahora, ¿sabes? Me parece que, a pesar de mi magnífica representación, tiene la mosca detrás de la oreja.

–Mira, Arturo, bastante poco te veo ya, y trago con lo que he de tragar, para que encima me vengas con esas.

–Cariño...

–Ni cariño ni nada. Para eso mejor te quedas con tu mujercita y me olvidas.

–¡Cariño!, ¿qué dices?

–Pues lo que oyes, ¿queda claro?

–Ágata...

–Mira, que te veo venir. Mañana hablamos.

–Es que mañana, después de lo de hoy, no sé si...

–Arturo, a veces eres un capullo.

–¡Pero Ágata!

La línea se cortó en ese momento.

Arturo se quedó mirando el auricular, alucinado. Además de la bronca, aquello.

—¡Joder! —rezongó.

Y ya no pudo volver a llamar porque en ese instante escuchó el ruido de la puerta del piso al abrirse y la voz melosa de Teresa llamando:

—¡Arturo, cariño, ya-estoy-aquí!

Ellos

–MARIO, ¿TE VIENES A TOMAR CAFÉ?

–Sí, sí, termino esto ahora mismo, espera.

–Venga hombre, acábalo después.

–Tranquilo, ya va.

Jonatan le esperó. Vio cómo su compañero concluía lo que estuviese haciendo en el ordenador y luego cómo lo guardaba en la memoria. Empezó a caminar hacia la puerta de la oficina antes de que Mario se levantara de su silla.

Lo alcanzó junto a la máquina de café.

–¡Hey, tío! –lo recibió con una sonrisa–. Esta mañana has llegado tarde, ¿eh?

–Dos minutos.

–¿Qué tal el fin de semana?

–De eso quería hablarte.

–¿Ah, sí? –Jonatan frunció el ceño–. ¿Algo bueno?

–Pues...

–Venga hombre, que yo, desde que tengo novia... ya sabes. Menudo rollo.

–Sí, ya.

–Que sí, tío. Que está bien lo de ir a lo seguro y tal, y además, como la quiero... Pero, coño, cómo echo en falta lo de antes, salir a ligar, en plan depredador.

–Pero si no te comías una rosca más que de vez en cuando.

–¡Pero cuando me la comía...! –Jonatan puso cara de éxtasis–. Venga, larga tu historia.

Ya tenían el café en las manos. Se apartaron de la máquina y de las posibles escuchas. Llegaron casi a la zona de la escalera que comunicaba las plantas del edificio de oficinas.

–Pues ¿recuerdas a Paula? –comenzó a decir Mario.

–¿Paula? –Jonatan abrió los ojos como platos–. ¿Te refieres a aquella Paula?

–Sí, aquella Paula.

–¿La pelirroja que estaba tan buena?

–La pelirroja que estaba tan buena.

–Joder si la recuerdo, tío. Estaba para cagarse.

–Sigue estando para cagarse.

–¿No me digas que tú...?

–La llamé el viernes.

–¡Ay la hostia? ¿Qué dices?

–No sé, llegué a casa, estaba solo, me dio la neura... y la llamé.

–¿En viernes? No me digas que no tenía nada que hacer y salió contigo.

–Sí.

–¡Ay la hostia! –volvió a decir Jonatan–. ¿Una tía así sin plan un viernes?

–Pues ya ves. La llamé, nos enrollamos a hablar de puta madre, y quedamos para cenar y todo eso.

–Saliste con Paula, para cenar y... todo eso.

–Sí, ¿cuántas veces quieres que te lo diga?

–¿Te la tiraste?

–Vas directo, ¿eh?

–No me vengas con chorradas. Olvídate de la cena y los prolegómenos. Tú dime si te la tiraste.

Mario miró arriba y abajo y a los lados, como si temiera que por allí hubiera alguien escuchándole. Estaba serio.

–Sí –convino.

–¿Te tiraste a Paula en la primera cita?

–Sí.

–No me lo puedo creer.

–Créetelo.

–¡Qué hijo de puta! –levantó las manos al cielo, y la cabeza, dio un par de pasos alejándose de su lado y luego otros dos para regresar. Se lo quedó mirando como si fuera Superman redivivo–. ¡Te la tiraste!

–Bueno, hicimos el amor.

–No, no, con Paula no se puede hacer el amor. Con Paula se folla. Es una tía para follársela viva.

–Qué bestia eres.

–¿Y tú de qué vas? Bueno, da igual –no quiso entrar en disquisiciones–. Cuenta, cuenta.

–¿Qué voy a contar?

–Pues los detalles.

–No seas morboso.

–Venga, coño, ¿cómo lo tiene? ¿Traga?

–Morboso y basto.

–¡Y tú estás hoy muy remilgado, tío! ¿Me estás vacilando o qué? Te has tirado a Paula. Genial. ¿Que quieres una medalla? Te la doy. ¡Premio al gran Mario! Pero ahora dime cómo lo tiene, si traga y todo lo demás.

–No voy a contarte esas cosas.

–¿Cómo que no? Oye: cuando me follé a Carlota te lo expliqué con pelos y señales, ¿no?

–En primer lugar, tú le cuentas a todo el mundo tus ligues. Hasta cómo te lo haces con tu novia, que ya es decir. En segundo lugar, es distinto.

–¿Por qué ha de ser distinto?

–Carlota era un putón verbenero y se la habían cepillado todos. Tenía curiosidad.

–Pues yo tengo curiosidad con Paula, ¡no te jode!

–Es que ella también es distinta.

–Anda ya, hombre. Una tía es una tía y un conejo es un conejo. ¿Qué tal lo hace con la boca?

–¡No seas plasta!

–Con esa boca cacho guarra y esos morros y el pedazo de lengua que...

–¡Vale ya!, ¿quieres?

–¿Y las tetas? ¿Cómo tiene los pezones?

–Mira, me voy –hizo ademán de dar media vuelta para regresar a su puesto de trabajo.

Jonatan se lo impidió.

–Espera, ¡espera! ¡Está bien! ¿Qué pasa?

–Mejor no te lo cuento.

–Ah, no. Ya has empezado. Cuenta. Lo que sea. Si no quieres compartir los detalles guarros allá tú, pero al menos cuenta algo. Por si la llamo yo y salimos.

–No va a salir contigo.

–¿Por qué no?

–Pues porque no. Ahora sé lo que le gusta y la conozco mejor y tú no eres su tipo.

–¿Cómo lo sabes?

–Me lo dijo ella.

—¿Hablasteis de mí?

—De pasada.

Jonatan frunció el ceño. De pronto se dio cuenta de algo.

—Oye, no pareces muy entusiasmado.

—Pues lo estoy.

—¿En serio?

—Sí, sí. Entusiasmado de verdad. Fue... bueno, imagínate. Lo que pasa es que aún alucino un poco.

—Yo también alucinaría, colega.

—Es que fue todo... —hizo un gesto con las manos, con los dedos unidos hacia arriba. Luego los separó a modo de explosión silenciosa—. Fuimos a cenar, charlamos, fuimos a tomar una copa, charlamos, y de pronto, en el coche, empezamos a besarnos y...

—¡Qué fuerte! ¿Quién empezó?

—Los dos. Resulta que yo le gustaba a ella tanto como ella a mí.

—¿En serio?

—Lo que oyes. Me dijo que si no la hubiese llamado yo a ella, ella me habría llamado a mí.

—Bueno, que tenga mal gusto no quiere decir nada, tranquilo —bromeó chistoso Jonatan—. ¿Y os lo hicisteis en el coche?

—No, en su casa. Tiene un apartamento.

—¿Encima vive sola?

—Sí.

—¡Menuda suerte!

—Hombre, está bien, porque el sábado ya quedamos directamente en su piso.

Jonatan contuvo casi el aliento.

—¿No me digas que repetiste el sábado?

—Sí.

–¡Qué pedazo de cabrón! –volvió a dar dos pasos con la cabeza y las manos levantadas antes de regresar frente a él–. ¿Y qué?

–Nos pasamos la tarde hablando.

–¿Y no follasteis?

–Después, tres o cuatro veces.

–Míralo –se puso irónico–. Tres o cuatro veces.

–Sí, pero lo importante fue lo que dijimos antes.

–¿Qué dijisteis?

–Hablamos, de todo, de muchas cosas, de la vida, de nosotros. No sé. Fue como vaciarnos, ¿entiendes? Nos vaciamos anímicamente. Nunca había compartido tantas cosas con una persona. Y todo fue espontáneo. Salió, sin más, sin forzarlo. Estábamos en la gloria.

–¡Uy, uy, uy, que te veo colado!

–Nunca había conocido a una persona tan rica como ella.

–Rica está. Riquísima.

–Me refiero a lo espiritual.

–Oye, ¿tú follas con el espíritu?

–Ya te he dicho que no fue sólo follar. Fue algo más.

–Eres un poeta.

–Lo malo vino después.

–Ya me extrañaba a mí. ¿Metiste la pata?

–No, es que después de hacerlo la última vez...

–¿Te dijo que habías estado mal, que la tenías pequeña, que su último tío le pegó cinco viajes y sin sacarla, que no se había corrido?

–¿Has visto *Cuando Harry encontró a Sally*?

–Sí, ¿por qué?

–¿Recuerdas cuando él le dice a ella que un chico se acuesta con una chica y que luego se cuentan todas sus cosas y se enrollan y todo eso? Bueno, pues me pasó lo que al de la película: como Paula y yo ya nos lo habíamos contado todo antes, luego no supimos de qué hablar.

—¡Diez minutos de descanso y vuelta a empezar!

—Oh, sí, ya.

—¿No me digas que, porque no supiste de qué hablar «después», te dio el pasmo?

—La miraba, y no sabía qué decir, y ella me miraba a mí, y lo mismo.

—Es que después de tirarte a una tía no se habla. Si ya te las tirado...

—Ya te he dicho que era hacer el amor, y que... ¡Bah, no sé por qué te lo cuento!

—Porque somos amigos, y porque quieres contármelo. Va, desembucha. ¿Quién te va a aconsejar mejor que yo?

—Si no quiero que me aconsejes. Sólo te lo cuento.

—Bueno, no supiste de qué hablar, te largaste y ahora no sabes si volver a llamarla o qué, ¿es eso?

—No, no, si nos quedamos dormidos muy a gusto, y ya puestos, pasamos todo el domingo juntos.

Por tercera vez, Jonatan elevó las manos al cielo, sólo que en esta ocasión no dio los dos pasos de nerviosa agitación interior.

—¡Pero tú eres un maldito cabrón! —lo elogió—. Toda la vida creyendo que eras tímido y resulta... ¡Toda la noche, y ya puestos a hacer... todo el día de ayer!

—Sí, hasta esta mañana. Por eso he llegado tarde. Uno de urgencia aprovechando que era prontito por la mañana.

—¿Acabas, como quien dice, de follar con Paula?

—Sí.

Lo miró con algo más que respeto. Casi lo olió, por si aún llevaba encima efluvios de ella.

–Tío –le puso una mano en el hombro–. Te has graduado, ¿vale?

–No podíamos dejarlo.

–Vas de *destroyer* total.

–Cada vez ha sido distinto.

–Más guarro –le guiñó un ojo.

–No, distinto.

–¿En qué sentido?

–Ella es un dulce, y en la cama...

–¡Menos mal que ya entramos en materia! ¿En la cama qué?

–Genial, ya te lo digo.

–Ninfómana.

–Nooo. Dulce, cariñosa, receptiva, capaz de pasarse una hora acariciándome, o capaz de dejarme que le hiciera cualquier cosa, sumisa, tierna, cálida.

–No existen tías así.

–Paula sí.

–Mira, mi novia traga cantidad, pero más de dos ya me dice que no porque le escuece, y si le pido alguna frivolidad me dice que soy un guarro.

–Es que tú eres un guarro.

–¡Anda ya! ¡En la cama la libertad ha de ser total, no me jodas!

–Estoy de acuerdo, pero siempre y cuando las dos partes se lancen a tumba abierta y sin freno. Si una no quiere...

–O sea que Paula... –puso cara de terremoto con una escala de 9,9.

–El delirio.

–¿Y ayer hablasteis o sólo follasteis?

–No, no, hablamos. Precisamente comentamos lo que nos pasó el sábado, con toda sinceridad.

–Oh, sí, la sinceridad. Es lo más importante.

–No te burles. Claro que es importante.

–¿Y qué? ¿Lo divino y lo humano y esto y aquello?

–Hablamos de lo que nos estaba pasando.

–¿Y qué os pasaba?

–Estábamos en la bañera. Lo habíamos hecho en la cama, en el sofá, en la butaca y duchándonos. Empezamos a mirarnos y lo comprendimos al momento.

–¿Qué es lo que comprendisteis? –se envaró Jonatan.

–Que nos habíamos enamorado.

–*¿Lo qué?*

–E-na-mo-ra-do. ¿Sabes lo que es eso?

–¿Pero cómo que e-na-mo-ra-do? ¿Con una tía con la que has salido... bueno, es un decir, a la que has visto tres veces? ¿De qué coño estás hablando? ¿Os tomasteis un ácido o qué?

–Ni siquiera fuma, como yo. Es muy centrada y seria.

–Folla contigo a la primera, se pasa tres días contigo y es centrada y seria. ¡No me jodas, Mario! ¡Menuda puta!

–Oye, que es mi novia.

Lo dejó blanco.

Y sin aliento.

–¿Que es tu qué?

–Mi novia, así que...

–Pero ¿cómo que es tu novia?

–Mi novia, ya sabes. Como Alejandra y tú. Estamos colados. Más que colados, coladísimos.

–Mario, tú estás mal de la azotea.

–Lo que tú digas, pero estoy en el séptimo cielo.

–Pero Mario, que tirarse a una tía, por maja que sea, no es para tragar toda la vida.

–Pues por mí, como si pudiera vivir diez vidas. Y a ella le pasa lo mismo. Vamos a vivir juntos.

–¡Que vais a...!

–Vivir juntos –concluyó la frase.

–No me lo puedo creer.

–Cuando esté instalado ya os invitaremos a Alejandra y a ti.

–No me lo puedo creer.

–Tío, estoy que floto. En una nube.

–No me lo puedo creer –repitió por tercera vez.

–No digo que salgamos juntos, los cuatro, porque queremos estar solos y tú, con lo bestia que eres... Pero ya os invitaremos. Además, como Paula sabe que le gustabas, estaría incómoda.

–Oye, que yo no...

–Tranquilo, hombre.

Se hacía tarde. Ya no quedaba nadie tomando café por la zona. De un momento a otro podía aparecer el jefe y caérseles el pelo.

–Si es que... no sé que decir.

–Dame la enhorabuena.

–¿Estás seguro?

–¡Oh, sí! –sonrió extasiado Mario.

–Desde luego...

–Venga, vamos adentro. Y ahora no empieces a dar voces.

–No, hombre no. Si va tan en serio.

–Soy otro, Jonatan. El amor es genial.

–Mientras folles...

–Qué poco romántico eres.

–Como el forro de esparto, anda ya.

–Pues a este paso tú con Alejandra, nada de nada.

–Vale, Cupido.

–¡Ay, Jonatan! –suspiró Mario–. ¡La vida es cojonuda!

–Si tú lo dices.

Entraron en la oficina y se separaron casi en la puerta. Cada cual se dirigió a su mesa. Ya no hubo más.

En las horas siguientes, cada vez que Jonatan levantaba la cabeza para ver a su compañero y amigo, lo veía sonreír con cara de bobalicón. Y una vez lo pilló hablando por teléfono como si lo hiciera en las nubes.

–Ingenuo –murmuró, sobrado, para sí mismo–. ¡Será desgraciado!

Divorcio civilizado

EL HOMBRE LES PUSO EL DOCUMENTO DELANTE.

—Firmen aquí —les dijo.

Primero lo hizo ella. Elegante, discreta, vestida de negro, casi como si aquello fuese un verdadero funeral, mucho más guapa de lo que había estado de casada, nuevo peinado, más delgada, y con aquella mirada de ojos tristes y lánguidos que tanto le había hechizado al comienzo.

Después lo hizo él. Alto, firme, con un impecable traje de corte italiano, mucho más atractivo de lo que había sido de casado, bronceado, varonil, y con aquella mirada de ojos inquisidores que tanto la había hechizado al comienzo.

Dos firmas.

—De acuerdo, pues... ya está.

Le miraron. Con asepsia.

Ya estaba.

Una vida borrada de un plumazo.

Aunque no olvidada.

–De acuerdo –ella se puso en pie.

–Muy bien –él se puso en pie.

El hombre les tendió la mano. Primero a ella, después a él.

–Suerte –les deseó.

Pensó que primero se iría una y el otro esperaría, para no coincidir, o al revés. Pero no. Los dos iniciaron la retirada al alimón.

Después de todo, había sido un divorcio de mutuo acuerdo.

Amigable.

Civilizado.

Salieron de allí en silencio y caminaron uno al lado del otro por el pasillo, en dirección a los ascensores. Uno miraba al suelo, como si vigilara el camino que seguía, la otra al frente, como si controlara lo que estaba por delante. No hablaron hasta que se detuvieron delante de las puertas cerradas. Estaban solos.

Fue él quien pulsó el botón de llamada.

–Bueno, Óscar.

–Ya está, Octavia.

Se miraron a los ojos. Debieron pasar en tropel las escenas de los años anteriores. Algo les hizo daño. Apartaron sus respectivas miradas y trataron de enfocarlas hacia otros lugares. Pero allí no había mucho por ver. Volvieron a mirarse el uno al otro.

–¿Estás bien? –preguntó Óscar.

–Yo sí, ¿y tú?

–Bueno, pues... supongo que sí.

–Claro.

La pausa fue breve esta vez.

–Hemos tenido suerte –dijo Octavia.

—¿Por qué?

—Recuerda el divorcio de Luis, y el de Sandra.

—Y el de María y Roque.

—Sí.

—Sí.

Cinco segundos.

Volvió a pulsar el botón de llamada.

—Si hubiéramos tenido hijos habría resultado peor. Ellos tenían hijos —suspiró Octavia.

—Si hubiéramos tenido hijos no nos habríamos separado —puntualizó Óscar.

—No tiene nada que ver.

—Yo creo que sí.

—No quiero discutir. Ya no.

—Yo tampoco —convino él.

—De hecho, lo nuestro fue un error desde el primer día.

—Estoy de acuerdo.

—Éramos demasiado jóvenes.

—Tú tenías veintitrés años y yo veintisiete. Tampoco es que fuéramos unos críos.

—No, pero yo no había vivido nada, y tú lo sabes.

—Anda que yo, siempre estudiando...

—Aunque tampoco estuvo mal.

—Desde luego.

—Sobre todo al comienzo.

—Los primeros tres o cuatro años.

—No, hasta los cinco o seis.

—¿Tú crees?

—Sí, ¿no?

Óscar volvió a pulsar el botón circular con la flecha señalando hacia abajo. Seguían solos.

—Parece mentira —protestó.

–Tranquilo, hombre, que ya no viene de un minuto. Vas a perderme de vista para siempre.

–Tampoco es eso mujer.

El poso de su mutua amargura les atrapó. Por unos segundos estuvieron a punto de naufragar en él. Los salvó la llegada del ascensor. Las dos puertas metálicas se abrieron para dejarles el paso franco.

Las traspasaron y una vez dentro fue ella la que pulsó el botón de bajada.

–¿Qué has hecho estas últimas semanas? –preguntó Octavia de repente.

–Nada –Óscar hizo un gesto vago–. Recuperarme un poco. ¿Y tú?

–Lo mismo. Tratar de volver a cogerle el pulso a la vida. Después de tantos años te quedas un poco...

–Ya.

–¿Has salido con alguien?

–No, no.

–¿Qué has hecho?

–Ver todo el fútbol que no veía antes –llegó a sonreír.

–¡Hombres! –lo acompañó Octavia en su leve sonrisa.

–¿Y tú?

–¿Yo?

–Si has salido con alguien.

–No, tampoco.

–Es pronto, supongo.

–Demasiado pronto. Aunque los hombres lo tenéis más fácil.

–¿Fácil?

–Encontrar a alguien.

–No estoy de acuerdo. Una mujer libre es como un imán, lo atrae todo.

–Pero a vosotros os cuesta menos cambiar el chip, vais más a saco, y la madurez siempre gusta a las chicas.

–Tú tienes treinta y dos años, estás en lo mejor, muy guapa.

–Gracias.

–Es la verdad. Seguro que...

El ascensor se detuvo. Se abrieron las puertas y salieron fuera. La calle estaba a unos quince pasos. Dieron cinco y se detuvieron.

–¿Qué ibas a decir? –preguntó Octavia.

–Que seguro que te han llamado todos nuestros amigos separados, por aquello de «hacerte un favor».

–Pues ahora que lo dices...

–¿Lo ves? En cuanto una mujer se separa, todos acuden como abejas al panal, a ver lo que pueden sacar.

–¿Lo dices por experiencia?

–No, claro.

–Todos nuestros amigos se han separado antes que nosotros, y tú te llevabas bien con muchas de ellas. Tal vez...

–No, no, ¿qué dices?

–Es que una mujer separada es como si de repente llevara una luz verde encendida en la frente, como los taxis.

–Hay mucho consolador suelto. Seguro que te ha llamado Roberto.

–¿Por qué él?

–Porque siempre te miró de una forma...

–Tonterías.

–Octavia: te desnudaba con la mirada. Y tú siempre has sido generosa con las minifaldas y los escotes, así que...

–¿Otra vez con eso?

–Si es que es verdad.

–Óscar, por favor, déjalo ya, ¿quieres?

–Ahora podrás llevar todas las minifaldas y los escotes que quieras, tranquila.

Octavia reanudó el paso. Lo hizo con tres zancadas rápidas y decididas en dirección a la calle. Óscar la atrapó en la puerta.

–Eh, eh, vale, perdona.

–Si es que incluso ahora me pones...

–No quiero que nos separemos enfadados.

–Yo tampoco.

–Pero reconoce que a Roberto le ponías cuando estabas delante.

–Y a las jovencitas que conocías les ponías tú. Bastaba con verlas.

–Siempre celosa.

Octavia lo miró con el ceño fruncido. Ladeó la cabeza.

–¿Me dirías una cosa ahora que estamos separados?

–Sí.

–¿Sinceramente?

–Sí.

–¿Me engañaste alguna vez?

–No.

–Vamos, Octavio.

–¡Que no!

–Pero si ya no me importa, en serio. Puedes decírmelo. Incluso para hacerme rabiar.

–¡Coño, Octavia, no me cabrees! ¡Te digo que no!

–Vale, vale. Gracias.

–¿Me engañaste tú a mí?

–¿Yo?

–Sí, tú. ¿Qué pasa, que sólo engañan los hombres? La mujer de Elías se la pegaba con todo Dios, y Fernanda estuvo años con lo del vecino.

—Yo no soy un pendón desorejado como ellas.

—No se trata de ser o no ser un pendón, sino de afecto, de necesidad, de muchas otras cosas.

—Muy permisivo estás tú con las debilidades femeninas. Creía que sólo los hombres necesitabais sexo y relaciones múltiples y las justificabais con eso de que sois distintos.

—Hay que ser racional.

—Podías haberlo sido antes.

—Y tú también, cariño.

—Óscar...

—No hablo sólo de ti, sino de los dos. Ya lo dejamos claro. No pasa nada. No ha sido culpa de nadie.

—Tú sigues creyendo que la culpa es mía, que en la cama no he funcionado jamás y que eso ha sido la clave.

—Y tú sigues pensando que la culpa ha sido mía, por intolerante, por egoísta, por no comprenderte, por querer que todo fuera como al principio y cosas así.

—Reconoce que nunca has madurado.

—Oh, ya salió la palabra: madurar. Cuando un hombre se siente vivo y dispuesto a cometer locuras y no quiere envejecer prematuramente, resulta que no ha madurado.

—No lo simplifiques tanto. Madurar es algo más. Es aceptar...

—Ahí sabes que no estoy de acuerdo. Todas decís lo mismo. Si madurar significa renunciar a la juventud, perder al niño que llevamos dentro y olvidar que estamos vivos... pues sí, no he madurado. Pero esa es una argucia que no sirve. Yo lo veo como impotencia. Tú pierdes la pasión y resulta que yo no he madurado y tú sí.

—¿Y si nunca supiste encenderme la pasión?

—Oh, vamos —hizo un gesto de dolor.

–Dejémoslo, Óscar –le previno ella poniendo una mano por delante–. Hemos tenido esta misma conversación otras veces, y ya ves cómo hemos acabado.

–Pero esta es la última.

–A Dios gracias.

–O sea, que estás ansiosa por librarte de mí para siempre.

–No, no lo simplifiques. A lo mejor tú sí lo estás.

–Tampoco. Al verte hoy...

–¿Qué? –le alentó a seguir.

–Estás guapísima.

–Gracias. Y tú también.

–¿Yo? No.

–Siempre has sido muy atractivo, Óscar. No te hagas ahora el inocente sorprendido.

La puerta de la calle seguía reclamándolos con su libertad. El fin. Pero seguían atrapados en tierra de nadie, como si ninguno de los dos se atreviera a dar el paso decisivo.

Sus rostros eran máscaras manteniendo una serenidad que no sentían.

–Es curioso –dijo Óscar–. Acabamos de divorciarnos y estamos aquí, hablando como si tal cosa.

–¿Habrías preferido una guerra, tirarnos los trastos a la cabeza y todo eso?

–No, pero... Bueno, que me resulta curioso.

–Somos civilizados.

–Eso sí, muy civilizados.

–Por lo menos... ¿me harás saber cómo te va?

–¿Lo harás tú?

–Sí.

–Pues yo también.

–Vale.

Fue Octavia la que deslizó una rápida y nerviosa mirada en dirección al reloj de pulsera de su muñeca izquierda. Pareció el pistoletazo de salida de una carrera ya imparable.

–Es tarde –dijo él.

–Sí, un poco. Tenía que hacer algunas cosas.

–Es mejor hacer algo, sí. No es un buen día para estar solo ni nada de eso.

–Bueno, pues...

Había una mota de súbita humedad en los ojos de Octavia.

Había un nudo invisible en la garganta de Óscar.

Caminaron hacia la puerta. Llegaron a ella. La traspasaron. Se detuvieron al otro lado, ya en plena calle.

–Adiós, Óscar –ella le tendió la mano.

Abortó el gesto de su ex marido de darle un beso, tal vez en la mejilla, tal vez en los labios.

–Adiós, Octavia.

Fue el último contacto.

Después ella giró sobre sus tacones y se alejó por la izquierda, serena, digna, hurtándole su cara y sus lágrimas. Óscar la contempló apenas unos segundos. También él dio media vuelta y se alejó por la derecha.

No giraron la cabeza.

Octavia alcanzó la esquina. El coche estaba allí. Se metió dentro.

Óscar alcanzó la esquina. El coche estaba allí. Se metió dentro.

–¿Qué tal? –le preguntó el hombre que la esperaba a ella.

–¿Cómo ha ido? –le preguntó la mujer que lo esperaba a él.

Era un hombre de unos treinta y cinco años, tan atractivo como Óscar o más, tostado por el sol, elegante, con clase.

Era una mujer joven de unos veintiséis o veintisiete años, con aspecto de modelo, rubia, preciosa.

–Bueno, ya está –le dijo Octavia a su acompañante.

–Se acabó –le dijo Óscar a su acompañante.

–Menos mal que no sabe esto, lo nuestro –continuó Octavia–. En el fondo lo destrozaría. El pobre... Me han dicho que sin mí está más perdido que... Pero se lo merece. Es un infeliz. Me ha tenido y me ha perdido, así que se lo ha ganado a pulso. No creo que le vaya demasiado bien. Está tocado y estas cosas dejan huella.

–Menos mal que no sabe que he vuelto a enamorarme –continuó Óscar–. En el fondo la destrozaría. La pobre... Me han dicho que sin mí está más perdida que... Pero se lo merece. Es una infeliz. Me ha tenido y me ha perdido, así que se lo ha ganado a pulso. No creo que le vaya demasiado bien. Está tocada y estas cosas dejan huella.

El compañero de Octavia la atrajo hacia sí y la besó en los labios.

–Ya pasó. Tranquila –le dijo–. Te haré la mujer más feliz del mundo, te lo prometo.

La compañera de Óscar lo atrajo hacia sí y le besó en los labios.

–Ya pasó. Tranquilo –le dijo–. Te haré el hombre más feliz del mundo, te lo prometo.

–Si te hubiera encontrado antes –musitó Octavia.

–Si te hubiera conocido antes –susurró Óscar.

–Venga, vamos a divertirnos, a comer algo, reír un poco y hacer el amor, ¿te parece? –dijeron los dos acompañantes, al unísono, en las respectivas esquinas de la calle.

–Sí, Eladio –sonrió Octavia.

–Sí, Gloria –sonrió Óscar.

Eladio puso el coche en marcha.

JORDI SIERRA I FABRA

Gloria puso el coche en marcha.

—Cuando nos casemos, todo esto quedará muy lejos, cariño —le prometió Eladio a Octavia.

—Cuando nos casemos, vas a olvidar todo esto, cariño —le prometió Gloria a Óscar.

El coche de Octavia y Eladio se alejó por la izquierda.

El coche de Gloria y Óscar se alejó por la derecha.

Mientras maniobraban, ni Eladio ni Gloria se dieron cuenta de que sus respectivas parejas miraban hacia atrás, tratando de buscar algo, o a alguien, a lo lejos, al otro lado de la calle.

Sólo fue un momento.

Un gesto inútil.

El adiós final.

Mujeres enamoradas

AL ABRIR LA PUERTA, LE EXTRAÑÓ EL SILENCIO.

—¿Amanda? —preguntó en voz alta antes de cerrarla. La respuesta le llegó un tanto apagada desde el fondo del piso.

—Estoy aquí.

Tal y como le había dicho la portera:

—La señorita Amanda ha llegado ya, señorita Clara. Hace un rato.

Pero no había música, ni estaba puesta la tele. Nada. Silencio. Algo bastante inusual. De las dos, la follonera era Amanda, no ella. Todo le gustaba con generoso exceso decibélico.

Dejó la chaqueta en la habitación, de camino a la sala. Y se quitó los dichosos zapatos. Cuando llegó a la estancia principal frunció el ceño.

Amanda estaba tumbada en el sofá, boca arriba, en penumbra, con la tele apagada y la mirada perdida en ninguna parte, a mitad de camino de sí misma y del techo. Iba vestida. Ella solía cambiarse de ropa al llegar a casa.

Eso la alarmó tanto como el resto de la escena.

La cara de Amanda ofrecía una distante seriedad.

–¿Qué te pasa? –preguntó la recién llegada.

–Nada.

–¿Nada?

–No, nada.

–¿Te encuentras bien?

–Sí, ¿por qué?

–No sé. Estás ahí –hizo un gesto evidente abarcando su lánguida presencia en el sofá–. ¿Cansada?

–Pse.

–¿Te ha dado por meditar o algo así?

–No, no.

–Como ahora está de moda... –Clara no supo qué decir.

–Estoy bien.

Los ojos de Amanda se movieron hacia ella. Eran unos ojos extraños, brillantes, cargados de presagios. Clara no había nacido ayer, así que, después de todo, sí supo que algo había sucedido.

Se alarmó.

–¿Te han despedido?

–No, qué tontería.

–¿Te han robado? ¿Nos van a subir el alquiler?

–Que no.

Clara se acercó a ella. Se cruzó de brazos y la miró desde la altura. Las suaves formas del bello rostro de Amanda se recortaban sobre su cabello de color trigo y la cretona de color rojo. Enmarcaban su tez pálida, sus ojos grises, sus labios rosados.

Un puro deleite visual.

Tan hermosa.

–Suéltalo.

–Vaya.

–Amanda...

–Vale, vale. De todas formas quería decírtelo.

–Pues dímelo.

–No es fácil.

–Inténtalo. Sueles ser muy buena hablando.

Amanda se enfrentó a su circunspecta seriedad.

–Siempre dijimos que lo más importante era la mutua confianza, ¿verdad?

–¿Me lo cuentas o me lo recuerdas?

–Quedamos en que no habría secretos, y lo compartiríamos todo, y que no guardaríamos nada en...

–¡Amanda quieres soltarlo ya!

Pegó un brinco que la hizo incorporarse hasta quedar sentada en el sofá. Parpadeó asustada. Se pasó una mano coqueta por el pelo y desvió los ojos. Pareció dejarlos caer mansamente a los pies de ambas. Azorada aún era más hermosa. Un halo indefenso la inundó con lasitud.

Entonces lo soltó.

–Me he acostado con un hombre.

La cara de Clara no cambió. De momento. Era como si le dijese que acababa de darse un paseo por la Luna.

–No quiero que te enfades –continuó Amanda, inmóvil–. No ha sido nada. O sea... bueno, quiero decir que no ha significado nada, ¿entiendes?

La realidad empezó a abrirse paso por la cabeza de Clara.

–¿Que has hecho... qué?

–Eso.

–¿Eso... eso? ¿Lo que has dicho?

–Sí, ya ves –suspiró Amanda.

Tuvo que sentarse. Las piernas se le doblaron. Alargó la mano derecha, atrapó la silla más próxima y se dejó caer encima. Amanda continuaba siendo una presencia casi etérea, tan delicada como siempre, tan hermosamente juvenil como siempre. Tenía todo el aspecto de una niña mala confesando una diablura.

La idea acabó de penetrar en la mente de Clara.

–¿Te la ha metido... un tío? –exhaló.

–Sí.

–No puedo creerlo.

–Verás...

–Un tío –repitió–. Te la ha metido un tío –se estremeció llena de asco, luchando contra su incredulidad–. Has dejado que te metan esa cosa...

–Tampoco es para tanto.

–¿Cómo que no es para tanto?

–Si lo sé, no te lo digo –Amanda plegó los labios y la miró con desafío–. Todo ese rollo de la confianza y de ser legales y...

–¡Coño, que te has follado a un...! –no encontró la palabra para describir al representante del género masculino–. ¡Me has engañado!

–No me he ido con la vecina del quinto, ni con esa de la oficina que me tira los tejos, ni me he ligado a una en el bar, así que no te he engañado. Hacérmelo con un tío no es engañarte, ¿vale?

–Entonces, ¿por qué lo has hecho?

–Quería probar.

–¿Probar? –la cara de asco se le acentuó–. ¿Has dejado que un tío se te corra dentro para... probar?

–Se puso preservativo, ¿crees que estoy loca?

–Oh, menos mal. La señora se puso preservativo. ¡Qué alivio! –la miró fijamente–. ¿Qué pasa, te crees que me chupo el dedo?

–En serio.

–¿Desde el primer momento?

–Sí.

–¿No te dijo que primero sin, o que «sólo la puntita» para sentirte más intensamente o cualquier chorrada de esas tan manidas?

–No.

–¿Y me dirás que tampoco te trabajó con la lengua?

Ella no dijo nada.

–¡Lo sabía! –Clara levantó las manos, y la cabeza. Lo repitió para que quedara bien claro–: ¡Lo sabía! ¡Te lo babeó hasta...! ¡Oh, Señor!

–Caramba, si lo llego a saber no te lo digo, en serio –repitió Amanda.

–Muy considerado por tu parte. Así que encima debo darte las gracias, ¿no?

–Tal y como lo veo yo, es una experiencia a compartir. Sólo eso. Si te hubiese engañado con otra sería distinto.

–¡No me habría importado que me engañaras con otra!

–Ya. Eso lo dices ahora.

–¡Te lo digo muy en serio! Una tía siempre es una tía, pero uno de esos jodidos falócratas...

–Era muy tierno.

Se quedó alucinada.

–O sea, que te gustó.

–No estuvo mal. Nada que ver con lo nuestro, claro –quiso dejarlo bien sentado–, pero no estuvo mal.

–¿Le hiciste un favor o qué?

–No, no. Yo tenía interés.

–Perfecto. O sea que le dijiste: «Oye, mira, que soy lesbiana pero me gustaría probar con un tío». Y él, dispuesto a hacerle un favor a la causa machista, te empitonó ahí mismo.

—Qué bestia eres.

—Yo seré muy bestia, y directa, pero tú eres una guarra.

—No soy una guarra.

—Sí lo eres. Una guarra de tomo y lomo. Si te ha gustado querrás probar una segunda vez.

—No me hace falta.

—¿Por qué?

—No me corrí hasta la tercera, pero me corrí, así que ya está.

—¿Cómo que no te corriste hasta la tercera?

—Es que las dos primeras estaba un poco tensa, ya sabes.

—¿Cuántas veces lo hicisteis?

—¿Contando con la boca y con la mano?

—¡Con todo! ¿Y yo qué sé con qué...? ¡Pero bueno!

—Siete.

—¿Siete?

—Más dos con la lengua y una con la mano.

—¿Saliste con Schwartzenegger o es que estuvisteis una semana dale que te pego?

—Sólo ha sido esta tarde.

—¡Pues menos mal! ¡Si llegáis a pasar la noche juntos te hace un boquete tipo el Gran Cañón del Colorado!

—Qué bestia eres.

—¿Yo? ¿Bestia yo? ¿Cuándo hemos follado siete veces tú y yo, eh? ¡Nunca! ¡Ni al comienzo! ¡Si lo has hecho siete veces, con lo que sea, ha sido una guarrería!

—A mí me ha parecido muy educativo.

—¡Quieres callarte! ¿Educativo? ¡Qué sabrás tú lo que es educativo! ¡Si quieres algo educativo con un tío juega al trivial, joder! ¡Follar siete veces con un falócrata es como hartarse de pasteles teniendo el colesterol a mil!

—No sé qué tiene que ver el colesterol con eso.

—¡Amanda, no me calientes más!

–Yo estoy muy tranquila. Eres tú la que se pone hecha una furia por una tontería de nada.

–¿Una...? –elevó las manos al cielo implorando algo–. ¡Señor! ¡Una tontería de nada! ¡Siete veces! ¡Debes de estar más escocida que un recién nacido con diarrea!

–No, para nada.

–Así que ibas bien lubricada.

–No seas ordinaria.

–¡Soy lo que me da la gana! –Clara se levantó indignada y empezó a dar vueltas a la mesa con los brazos cruzados. Acabó cerrando los ojos, se estremeció y volvió a abrirlos antes de agregar–: Si es que no puedo ni imaginarlo, vamos.

–Nunca había estado con un hombre –susurró Amanda.

–¡Ni yo tampoco, a Dios gracias! ¡Ni falta que me hace! ¡Sólo de imaginarme que me toque uno, o tener esa cosa morcillona de la que se sienten tan orgullosos...! ¿Porque encima te lo habrás buscado con una bien grande, seguro?

–Normal.

–¿A qué llamas tú normal?

–Mujer, que cuando hemos empezado no sabía si la tendría grande o pequeña. Esas cosas engañan. Tampoco tengo muchos puntos de comparación. A mí me ha parecido juguetona.

Tan delicada, tan etérea, tan juvenil, tan hermosa.

Y de pronto, tan puta.

Casi no la conocía.

–Le has hecho una mamada –dijo Clara.

–¡Mujer!

–¡Le has hecho una mamada!

–Mira que eres basta, ¿eh?

–¡Soy como me sale de la punta del higo, y tú le has hecho una mamada!

–Se dice felación.

–¡Se dice mamar, chupar, comer, de todo menos felación!

–No quiero seguir hablando de esto –Amanda se cruzó de brazos.

–¡Pues yo sí!

–Si te vas a poner así, no.

–¡Me pongo como...! Pero ¿cómo has podido meterte *eso* en la boca?

Amanda tenía una boca de piñón, unos dientes perfectos, una sonrisa nívea. Toda ella era un cielo.

Súbitamente nublado.

–Mira, sólo sé que, ya que lo hacía, lo mejor era hacerlo bien. Completo.

–¿Lluvia púrpura, beso negro...? ¿Te has dejado algo fuera del manual?

–Encima de enfadada sarcástica.

–¿Sarcástica yo? Para nada. ¡Lo que estoy es *muy* cabreada!

–Me dijiste que tú una vez estuviste a punto de hacerlo pero que al final te dio miedo.

–¡Tenía dieciséis años y estaba hecha un lío!

–Bueno, pues yo tengo veintinueve y ya está. Ya sé lo que es eso. Experiencia vivida y adiós. Punto.

–Punto, punto, ¡punto! Así de fácil. ¿Y dónde lo has encontrado? No me digas que te lo has hecho con el primero que has pillado.

–Se llama Mariano.

Clara se quedó sin habla unos segundos.

–¿Ma... riano? –logró articular por fin.

–Sí.

–¿Te refieres a ese tío tan bueno que trabaja en el banco de la esquina?

–Sí.

–¿Y cómo...?

–Lleva meses diciéndome cosas.

–Será cabrón.

–Es muy simpático y divertido.

–¿Y tú por qué no le decías que...?

–¿Que soy lesbiana? Sí, ya.

–Qué hijo de puta el tal Mariano –la taladró con otra mirada de profundo desprecio–. Seguro que así se liga a todas las desesperadas del barrio.

–¿Y tú cómo sabes que está tan bueno?

–¿Qué?

–Has dicho «ese tío tan bueno».

–¿He dicho «ese tío tan bueno»?

–Sí.

–Supongo que lo está, no sé. Quiero decir que para ser hombre...

–O sea que, si te lo llega a proponer a ti, también te lo habrías pasado por la piedra, para probar.

–¿Yo? –se estremeció Clara–. Ni hablar.

–Pues bien que has sabido que Mariano era ese Mariano y no otro Mariano.

–Yo también voy al banco, ¿sabes?

–¿Le has dicho que eres lesbiana?

–No. Y tú tampoco, está claro –se detuvo de pronto y abrió los ojos como platos–. ¿No lo habréis hecho aquí?

–¡No!

–¿Dónde ha sido?

–¿Qué más da eso?

–Es importante.

–No sé por qué.

–¿Habéis estado en su casa? ¿Lo habéis hecho en la cama donde se lo monta con la boba de su mujer?

–Está separado.

–¿Separado? –tembló–. ¡Oh, Dios! Esos son los más peligrosos. Están salidos. Así que habéis ido a su casa.

–No.

–Entonces...

–No hemos ido a su casa porque estaban sus hijos. Y como todo ha sido muy rápido... Lo hemos hecho en su coche.

–¿En su coche? –pareció no dar crédito a lo que oía–. ¿En su coche y siete veces y con la mano, la boca, la lengua, el...?

–¡Quieres callarte de una vez con tanto detalle escabroso, me estás poniendo nerviosa!

–¿Yo te pongo nerviosa a ti? ¿Te lo haces siete veces con un baboso salido separado en su coche y te pongo nerviosa? ¿Y ahora lo llamas «detalles escabrosos»? ¿Cómo llamas tú a chupársela a un tío? ¡Una mamada es una mamada!

–Mira, ¿sabes qué te digo? –Amanda se puso en pie–. No voy a contarte nunca nada más.

–¿Te vas con él?

–¿Yo? ¿Estás loca?

–Entonces, ¿por qué dices que no vas a contarme nunca nada más?

–De lo que haga en mi vida privada desde luego que no.

–¿Vas a volver a verlo?

–Si no cambiamos de banco me temo que sí.

–Me refiero a... lo otro.

–¡No!

–¿Seguro?

–¡Vamos, Clara, no seas niña! ¡Sólo ha sido... una experiencia, ya te lo he dicho! Mi hermana me contaba el otro día lo suyo con su nuevo novio, cómo lo hacía, lo gorda que la tenía, y que si por detrás y que si por delante y... bueno, pues eso, ya está. No le des más vueltas. Sólo he actuado honestamente contándotelo.

—¿Qué habrías hecho tú si se tratara de mí?

—Nada.

—Ya.

—¿Con un hombre? Nada —insistió—. ¿No hablábamos hace unos días de abrirnos a nuevas experiencias?

—Yo me refería a abrirnos a nuevas experiencias vitales, culturales, lúdicas, no precisamente a abrirnos de piernas, y menos delante de una polla.

—A veces eres tan ordinaria —Amanda puso cara de asco.

—Una polla es una polla y un coño es un coño.

—Pues Mariano lo llamaba pene en todo momento.

—¡Jo!

—Y almejita, y cosita, y dulce...

—¡Ay la hostia!

—Y se ha echado a llorar.

—¿Con el último? ¿Tanto le dolía al asqueroso? ¡Pues sí que se lo has hecho bien!

—¡Ha llorado al verme desnuda! —suspiró Amanda—. Me ha dicho que soy lo más bonito que ha visto en la vida.

—¿Y te lo has creído?

—Tú también dices que lo soy, ¿no?

—¡Pero yo tengo buen gusto, y te quiero, no te lo digo para que te pongas cachonda! ¡Menudo truco!

—Mariano es un hombre muy sensible. Escribe poesías.

La mirada de incredulidad reapareció en los ojos de Clara.

—No vas a volver a verlo fuera del banco pero resulta que es sensible.

—Sí.

–Y escribe poesías.

–Sí.

–Te ha hecho un poema.

–Sí.

–Déjamelo ver.

–No.

–¿Por qué no?

–Porque si lo tuviera aquí, sería privado, pero no lo tengo.

–Amanda...

–¡Que no lo tengo!

–Si te ha hecho un poema lo tienes y ya está.

–¡Pues no lo tengo! ¡Se ha manchado con...!

–¡Jesús! ¿Habéis convertido el coche en una orgía o qué? –rezongó Clara al ver que ella se detenía.

–Me duele la cabeza –suspiró Amanda.

–¿Sólo te duele la cabeza? ¡Que raro! ¿Adónde vas? –cambió al ver que su compañera pasaba por su lado.

–Me voy a la cocina, a tomarme una aspirina.

–¡Menuda excusa!

Se detuvo delante de Clara. Bajó una vez más los ojos al suelo. Su cara de niña se revistió de luces opacas. En la penumbra semejaba una muñeca de porcelana.

–Oye –musitó.

–¿Qué? –la voz de Clara seguía siendo un flagelo.

–Lo siento.

–¡Oh, ahora lo sientes! ¿Y cuando estabas espatarrada con ese pulpo encima sobándote las tetas, babeándote y gimiendo, qué?

–¡Te digo que lo siento! –pareció a punto de echarse a llorar.

Clara recordó su imagen al llegar, tumbada en el sofá, melancólica, pensativa, igual que un ángel...

–¿De verdad te sientes culpable?

–¡Pues claro! No sabía que te lo tomarías así, ni que te sentaría tan mal. Tengo corazón, ¿sabes?

–Si es que...

Clara levantó una mano y no terminó la frase. No llegó a descargarla sobre Amanda. Cuando lo hizo el gesto ya se había convertido en una caricia. Bajó despacio, mientras transmutaba su rostro, de ira a perdón.

–Eres una guarra –susurró con dolor.

–Ya lo sé.

–Te gusta demasiado el sexo.

–Bueno, es lo que te va a ti, ¿no?

–Sí, pero yo sólo soy tuya.

–Yo también, tonta.

Ahora sí. Las lágrimas afloraron como si las compuertas de sus ojos se hubieran desbordado por el caudal interior. Se echó en brazos de Clara y se refugió bajo su amparo. Ella la recibió amante y entregada.

Sonrió con aire dominante, segura.

Amanda también lo hizo, invadida de sumisión, pero con la misma seguridad maliciosa ahora que, por primera vez desde su llegada, Clara no la miraba a los ojos.

Continuaron abrazadas largo rato, uno o dos minutos, sin dejar de sonreír, una a espaldas de otra.

–Qué loca eres –suspiró Clara.

–Anda, vamos a la cama –propuso Amanda–. Necesito...

Y echaron a andar hacia la habitación de matrimonio, como dos enamoradas dispuestas a hacerlo por primera vez.

Ya no sonreían con malicia. Ahora lo hacían con absoluta ternura.

La declaración

El ascensor se detuvo de pronto.

Y se apagó la luz.

–Pero ¿qué...? –rezongó Chari.

–¡Vaya por Dios! –dijo Eliseo.

Esperaron unos segundos, en silencio.

–Haz algo –pidió ella.

–¿Qué quieres que haga? Se ha ido la luz. Hemos de esperar a que vuelva.

–¡Pero estamos en un ascensor!

–Tranquila. Si no vuelve la corriente ya nos sacarán.

–Bien por tu sangre fría. Lo malo es que estamos entre el piso 14 y el 15, si no me equivoco. Así que ya me dirás tú.

–No vamos a caernos si es eso lo que te preocupa.

Chari no le respondió. Al contrario, le sorprendió su grito.

–¡Eh!

Nada. Silencio.

—¡Eh! —lo repitió.

—No creo que nos oigan.

—No, si aún tendremos que pasar la noche aquí.

—No seas trágica, mujer.

—Ya me dirás. Como no nos oigan, ni sepan que estamos atrapados aquí dentro... Con la hora que es, seguro que ya no queda nadie en el edificio.

—En nuestras oficinas sí.

—Los últimos esclavos, claro.

—Tranquila.

—¡Eliseo, por Dios! ¡No vuelvas a decirme que esté tranquila!

—Perdona.

—¿Llevas una linterna?

—No.

—¿Un encendedor, cerillas...?

—No fumo, ya lo sabes.

—¡Maldita sea!

—¿Te da miedo la oscuridad?

—¡No!

—¿Tienes claustrofobia?

—Lo que tengo es mucha mala hostia.

—Ya.

—¿Por qué dices ya?

—Porque la tienes.

—Vaya, hombre.

—Si no es nada malo. Me gusta tu carácter. Muchísimo.

—No serás tú el que tiene claustrofobia.

—No, no.

Les sobrevino un silencio muy breve.

—Lo malo es que yo cuando me pongo nerviosa me entran ganas de mear.

La sola idea le excitó.

–¿Dónde estás? –quiso saber ella.

–Aquí –extendió su mano y sin querer le toco un pecho–. ¡Oh, perdona, lo siento!

Chari no dijo nada.

Él se había puesto muy rojo.

Rojísimo.

De hecho era la situación ideal. Ni en su más osada fantasía habría podido imaginar algo igual. Colgado en un ascensor, a oscuras, con ella. Con la chica de sus sueños. Tantos y tantos meses suspirando por una mirada, una sonrisa, una palabra, robándole un roce en uno de los pasillos de la oficina, sin atreverse a nada, ni a pedirle que salieran juntos. Tanto tiempo buscando el momento, cortado, tímido, la forma de decirle...

Y ahora, de pronto...

Solos, tal vez mucho rato, tal vez no. Una oportunidad. Y a oscuras. Ella no vería su cara de pánico.

–Desde luego, ya no llego a tiempo –la oyó quejarse de nuevo.

–¿Adónde vas?

–Iba a comprarme un conjunto monísimo, de rebajas. Y tenía el tiempo justo, ya sabes. Si no se lo han llevado, ya habrán cerrado para cuando esto se solucione.

–Lo siento.

–Ya.

–Con lo bien que vistes, seguro que era precioso. Aunque también es verdad que a ti te sienta bien cualquier cosa.

Pausa.

Temió haber metido la pata, como al extender la mano.

–¿Tú crees que visto bien, Eliseo?

–Sí, ¿por qué?

–No sé. Hay quien dice que voy demasiado... extremada.

–Oh, no, no –insistió con vehemente énfasis–. Eres la que mejor viste de la oficina. Porque puedes y porque sabes.

–¿En serio?

–Desde luego.

–¿Mejor que la estirada de Maite?

–Mil veces mejor. Maite es una clásica pasada de moda.

–¿Verdad? ¿Y Rosa?

–No combina bien los colores. Y eso es algo que tú dominas.

–Ya, pero Matilde, por ejemplo...

–¿Matilde? Por mucho que se ponga, en su caso no es cuestión de gusto, sino de saberlo llevar.

Pausa.

–Vaya, Eliseo –manifestó ella–. No sabía que tuvieras tan buen sentido estético.

–Ya ves.

–Qué poco sabemos los unos de los otros. Y eso que estamos juntos ocho horas al día.

Ahora, ahora.

–Yo...

–¿Tienes novia? –lo detuvo ella.

–No.

–¿No? Creía que sí.

–¿Por qué?

–No sé. Pensaba que eras de esos. Vida tranquila, pareja. Eres tan atento y buena persona.

–Lo dices como si eso fuera malo.

–¿Ser buena persona? No, para nada. Aunque te falta un poco de malicia, eso sí.

–O sea, que el que no tiene carácter soy yo.

–No seas suspicaz. He dicho malicia. A veces, cuando veo cómo te trata el jefe...

Lo había notado. Se sintió hecho una mierda.

–Es el jefe –se justificó.

–Pues a mí no me grita ni nada.

Como que era un capullo baboso que perdía el culo por todas las tías de la oficina.

–¿Quién iba a gritarte a ti, con lo dulce que eres?

Y se quedó sin aliento tras decirlo.

–Eres un cielo, Eliseo.

Adelante, ¡adelante!
Te quiero, Chari. Estoy enamorado de ti.

–¿Por qué me has preguntado si tenía novia?

–Curiosidad. A oscuras y callados... Cuéntame algo.

–¿Qué quieres que te cuente?

–Cualquier cosa. Me estoy poniendo nerviosa. Ni siquiera puedo sentarme en el suelo. Debe estar hecho una guarrada.

–Pues como tengamos que pasar la noche aquí, ya me dirás.

–¡Ay, calla!

Toda la noche juntos. Él tumbado y ella con la cabeza apoyada en su regazo. Dormida. La acariciaría.

Te quiero, Chari. Estoy enamorado de ti.

–¿Y tú, tienes novio?

–¿Yo? No.

–¿Por qué lo dices en ese tono?

–Porque no estoy yo para liarme tan pronto. Hay mucho que hacer todavía.

–Pero si te enamoraras... –musitó desalentado.

–Es que si pierdo el culo será para siempre, eso lo tengo claro. Tal y como soy yo... Ahora me divierto lo que puedo. Cuando me enamore, en cambio, que se prepare.

Estaba preparado. La vida entera con ella. El éxtasis.

–Cha...

–Hace calor, ¿verdad?

–Mucho.

–¿Te has quitado la chaqueta?

–No –tuvo una idea–. Puedo quitármela y te sientas encima. Así no te ensuciarás.

–¿Y por qué ibas a hacer eso?

–A mí me da igual.

–Ah, no, no. Me sabría mal.

–No vas a pasarte aquí de pie horas y horas.

–¡Qué exagerado! ¡Horas!

–Aunque sea sólo una, o media.

–Bueno, si me canso te lo digo.

Escucharon un ruido arriba, en alguna parte.

–¡Eh! –volvió a gritar Chari.

Nada.

–Grita, Eliseo. Vamos –le pidió.

–¿Hay alguien? –la obedeció al momento.

–¡Estamos aquí! –lo remachó ella.

Silencio.

–No hay nadie.

–O no nos oyen.

La luz podía volver en unos segundos. Y adiós a la oportunidad brindada por los hados. Se arrepentiría toda la vida. José Carlos, el de administración, seguiría echándole los tejos. Y Ángel, el de contabilidad, se le insinuaría. Incluso Pedro, que estaba casado pero que era un «viva la virgen».

¿Se enrollaría ella con un hombre casado?

No, Chari no.

Llenó los pulmones de aire.

—Cha...

—Debe de estar cayendo una tormenta, por eso se ha ido la luz. O sea que, aunque lleguemos abajo, tampoco podremos salir.

Tenía que dejar la ridícula «vespino» y comprarse un coche. Ahora la habría llevado a su casa. Era un idiota.

Bueno, tenía que empezar a hacer tantas cosas de una vez.

Buscarse un piso, cambiar, dejar de ser tímido.

—En no sé qué lugar de América hubo una vez un apagón y a los nueve meses nacieron miles de niños —volvió a hablar ella.

—Normal —trató de bromear—. ¿Qué puede hacer una pareja a oscuras?

—No creo que fuera eso. Seguro que los tíos salieron en bandadas violando a todas las que se encontraron a su paso. Qué cabrones.

—No exageres.

—¿Que no exagere?

—Bueno, yo no voy a violarte.

—Ya lo sé. Como que de la patada que te pegaría se te saldrían por las orejas, mira tú.

Le dolió casi tanto como si se la hubiese propinado. Un puro acto reflejo.

Tal dulce, y agradable, y femenina, y delicada, y etérea, y... y con aquella punta de mala leche.

Se concentró de nuevo.

Respiración. Control. Seguridad.

—Chari, te quiero, estoy enamorado de ti.

–*Eliseo...*

–*Desde el primer día que te vi, ¿sabes? Llevo meses tratando de decírtelo.*

–*¿Por qué no lo hacías?*

–*Timidez, inseguridad, miedo.*

–*Pero si eres la persona más encantadora del mundo.*

–*Tú sí que lo eres, Chari. Daría lo que tengo por un beso, una caricia. Así que imagínate por ti. Te quiero como nunca he querido a nadie, fuerte, apasionada y tiernamente. Lo eres todo para mí.*

–*Eliseo...*

Ella se aproxima en la oscuridad, busca su rostro con las manos, acerca sus labios a los suyos. Le besa.

–*Chari...*

–*Eliseo...*

–Eliseo.

–Ah... ¿sí?

–¿Qué haces?

–Nada.

–Me parecía que gemías o algo parecido.

–No, no –le dolía el pecho a causa del susto.

–Yo es que me estoy poniendo nerviosa por momentos, ¿sabes?

–Por lo menos no estás sola.

–Si estuviera sola ya tendría un ataque de histeria.

Y cualquiera de los lobos de arriba estaría metiéndole mano si estuviera con ella en tales circunstancias.

–Me alegro de que estés bien conmigo. Segura y todo eso.

–Eres el único tío con el que lo estaría, dadas las circunstancias.

No supo si eso era bueno o malo.

–Quiero decir que hay mucho baboso suelto, ya me entiendes –puntualizó Chari.

–Sí, claro.

–Una chica sola, una situación favorable...

–Yo nunca...

–Lo sé, lo sé.

–Es que yo...

Te quiero, Chari. Estoy enamorado de ti.

–¿Qué?

–¿Eh?

–¿Qué ibas a decir?

–Nada, nada –volvió a ponerse como la grana.

Apretó los puños y sintió deseos de darse de bofetadas. Era la oportunidad de su vida y si no la aprovechaba...

¿Acabaría con la vecina, Mari Carmen, como quería su madre?

–Me voy a quitar los zapatos, ¿te importa?

–No.

Tenía unos pies preciosos. Se los había visto el verano pasado al llevar zapatos descubiertos. Se había imaginado tantas veces con ella en la bañera, besándoselos.

Tan cerca, tan lejos.

¿Y si extendía otra vez el brazo y la tocaba?

¿Y si le daba un beso, directamente?

Si no se atrevía a decirle que la quería, ¿de dónde sacaría el ánimo para algo así?

–¿Quieres que te dé la mano? –tanteó.

–No hace falta, pero gracias.

–A oscuras no hay dimensiones. Podríamos estar en un ascensor o en cualquier otra parte. A veces hace falta un punto de apoyo. Lo leí no sé dónde.

—Tú lees mucho, ¿verdad?

—Sí.

—Ya lo veo, ya. Yo en cambio...

—¿No te gusta leer?

—No, es muy aburrido.

—Porque tú eres muy lista, muy intuitiva. Pero para mí leer un libro es como hacer el amor.

—¡Anda ya! —se rió Chari.

—Estás tú y el libro, solos. Es muy difícil que alguien lea el mismo libro que tú, aunque no imposible. Es aún más difícil que, si leen el mismo libro, estén leyendo la misma página, pero no imposible. Lo que si es imposible es que, aunque la lean, sientan lo mismo. Por eso es como hacer el amor.

—Eres un poeta.

—Qué va.

—Sí, sí. Eso que has dicho es muy bonito, y tiene sentido.

—Los libros ayudan a vivir —se animó.

—Yo prefiero vivir sin ayudas, mira. Siempre me lanzo. Al revés que él.

Te quiero, Chari. Estoy enamorado de ti.

Tres, dos, uno... ¡ya!

Sin pensárselo. Si se lo pensaba mucho...

Tres, dos, uno... ¡ya!

—Una vez leí un libro.

—¿Cuál? —bufó cogido de nuevo a contrapié y con el corazón saliéndosele del pecho.

—No lo recuerdo muy bien. Tenía quince años. Y me gustó.

—¿Quince años? Eso fue hace muy poco.

–Gracias, Eliseo, pero ya tengo los treinta pasados.

–¡Qué dices!

–Eres un encanto. ¿No tendrás un chicle? ¿O pipas?

Iba por buen camino, pero de nuevo ella saltaba de tema en lo mejor.

–No.

–Ya. Me aliviaría los nervios. Porque esto se está poniendo... ¡Eh! ¡Estamos aquí! ¡Maldita sea!, ¿nos oye alguien?

Otra vez nada.

Silencio.

–¿Y móvil? ¿Tienes móvil?

–No –elevó la cabeza, además de las manos, maldiciendo ese detalle.

¡Todo el mundo tenía móvil!

¡Todo el mundo menos él, que era un pringado!

«Vespino», sin móvil, todavía en casa de los papás, treintañero, tímido...

–Qué mala suerte. Llamaríamos a alguien. ¿Y si golpeamos el ascensor?

–Podríamos caernos.

–Oh.

–¿Me quito la chaqueta ahora y nos sentamos?

–Que no, que me sabe mal.

–De verdad que no me importa, mujer.

Ella se estaba moviendo.

Se ponía bien algo. Tal vez las bragas.

Empezó a sudar.

La tenía a un metro. ¡Un metro! La mujer de sus sueños, de su vida, de...

–Chariestoyenamoradodeti.

–¿Qué?

Estaba frío, helado.

El corazón paralizado de golpe, sorprendido por su osadía.

–Eliseo, ¿qué has dicho? No te he entendido.

–Hedichoquetequiero... ¡Te quiero! ¡Estoy enamorado de ti!

Al fin.

¡Al fin!

¡La suerte estaba echada!

Contuvo la respiración.

Ella se acerca, coge su cara con las manos, le besa.
–Tonto. ¿Por qué has tardado tanto en decírmelo?
–Chari, cariño...
Empiezan a desnudarse. En el ascensor. Al diablo con todo. Sus sexos se funden.

Y entonces volvió la luz.

Ella se estaba poniendo bien los pechos, sin disimulo. Él tenía cara de carnero degollado. Se la vio reflejada en el espejo frontal, a espaldas de Chari.

Sudaba.

–¡Bueno, por fin! –cantó la mujer recuperando la compostura mientras se empezaba a poner los zapatos.

A Eliseo se le doblaron las piernas.

–Venga, dale al botón, tigre –dijo Chari.

–¿Q-q-qué?

Lo hizo ella misma. Se acercó a él y pulsó el botón marcado con el 0. El ascensor volvió a ponerse en marcha.

¿Tigre?

Se miraban a los ojos. Ella sonreía. Él seguía con la misma cara de imbécil. Ido.

Sin energía.

El aparato estaba a punto de llegar abajo.

Entonces Chari le puso una mano en la mejilla, acentuó su sonrisa y se le acercó del todo. Era menuda, así que se puso de puntillas.

Le dio un beso en la comisura de los labios.

—Eres un tío estupendo, Eliseo —fue lo único que dijo.

El ascensor se detuvo.

Y las puertas se abrieron automáticamente.

Chari fue la primera en salir. Al pasar por su lado le guiñó un ojo. Eliseo la siguió. Parecía un muñeco articulado. Afuera no llovía. Ni tampoco había nadie cerca. Todo el mundo volvía a la actividad tras el paréntesis a oscuras.

Llegaron a la puerta.

—Hasta mañana, Eliseo —le deseó Chari.

—Sí, hasta... ma... ña... na.

Ella ya se alejaba a toda prisa. Sus tacones repiqueteaban sobre la acera. Su falda cortísima lanzaba el duro contorno de sus piernas sobre el asfalto con cada paso. Su pecho, coronando el generoso escote, abría el aire en canal. Su trasero era todo un compás rítmico. Un par de curiosos, los primeros, giraron la cabeza al verla pasar, viva.

—Te quiero, Chari —musitó él en voz baja, para sí mismo.

Nunca había entendido a las mujeres, nunca.

Y estaba seguro de que nunca las entendería.

—¡Hay que joderse! —fue lo último que dijo antes de echar a andar hacia su moto.

UN TOQUE DE EROTISMO

EL GOLPE SONÓ DE FORMA MUY QUEDA al otro lado de la puerta.

–Adelante. Está abierto.

Apareció él. Llevaba un impecable uniforme de camarero, o empleado de hotel, o lo que fuera. Un uniforme granate con camisa blanca y pajarita negra.

Se quedaron mirando unos instantes.

El rostro del camarero se mantuvo impasible pese a la escena. Ella llevaba una combinación blanca, transparente, abierta por delante. La abertura vertical permitía ver un conjunto de ropa interior provocativamente sexi, bragas minúsculas en forma de uve y sujetador diseñado para realzar los senos. Iba descalza.

Ella miró el uniforme.

Él sus pies.

–Disculpe –logró reaccionar el recién llegado–. Ha pedido...

–Déjelo encima de la mesita –indicó la mujer.

Hizo lo que le ordenaba. Depositó la bandeja sobre la mesita. Por el espejo de la pared, sin embargo, continuó mirándola. Le subió y le bajó la nuez.

Ella no se había tapado.

–Si es tan amable de firmarme aquí.

Se le acercó y le nubló los sentidos con un halo de perfume. Lo aspiró. Era denso, poderoso. Le dio un bolígrafo y ella firmó el papel. Sus manos también eran hermosas, cuidadas, uñas largas, dedos de seda.

–Gracias, señora. Que aproveche –se dispuso a irse.

–Espere.

Esperó.

–¿Sí? –vaciló ante el silencio de la mujer.

–Es el aire acondicionado. No sé cómo va. Hace mucho calor.

–Oh, se lo gradúo al momento, no se preocupe.

–Es muy amable.

Fue hasta el aparato. No tenía el menor truco. Bastaba con...

–¿Lo quiere muy fuerte?

–Sí, por favor. Estoy ardiendo.

Desde luego, hacía calor, aunque él lo sintió por la frase, y más aún por la forma de pronunciarla. Sus propias palabras parecían arder.

–Puede que esté estropeado –mintió fingiendo manipular el termostato.

Había cerrado la puerta. Estaban solos. Giró la ruedecita dentada. Ella se le acercó. Volvió a aspirar su perfume. Se llenó de él, como un borracho del primer aroma de alcohol que emerge de la botella.

–Nunca he entendido estos trastos –dijo la mujer.

–No son complicados.

–Depende. Yo soy muy simple.

–Yo no diría eso.

Esperó. Ella podía enviarle a la mierda.

–¿Ah, no? –dijo con inocencia.

–Desde luego que no.

–Vaya, gracias.

Al verla sonreír respiró aliviado. Le seguía el juego. Parecía dispuesta.

–No me dé las gracias.

–Habrá conocido a muchas mujeres.

–En mi puesto sí. Tantas habitaciones. Tantas personas.

–Lo imagino.

–Si yo le contara...

–Cuente.

–No quiero aburrirla.

–Le aseguro que nada será peor que lo que hacía antes de llegar usted.

Estaba tan cerca que apenas habría circulado un atisbo de aire entre los dos. Ya ni siquiera fingía manipular el aparato de aire acondicionado. Los ojos de la mujer despedían chispas. Sus labios temblaban.

–Una vez entré en esta misma habitación y había tres mujeres desnudas y un hombre.

–¿Por qué nunca es al revés? –sonrió agitando su negra melena.

–Bueno, el hombre era viejo, así que miraba lo que hacían ellas.

–¿Y no se apuntó?

–Ya me habría gustado.

–Malo –agitó el dedo índice de su mano derecha delante de sus ojos.

–Caray, uno no es de piedra.

–Nadie es de piedra. Y hay momentos en que...

Tenía los labios entreabiertos, así que chisporroteó un destello de humedad en sus dientes. El pecho le subía y bajaba con armoniosa celeridad. Y no era sólo por el calor de la habitación. La nuez también le volvió a subir y a bajar.

—Creo que esto... ya está —accionó la puesta en marcha del aire acondicionado.

—Póngalo al máximo.

—Bien.

Se escuchó un susurro. Mientras el aire empezaba a circular, ella agitó la melena, se llevó las manos a la nuca y se levantó el cabello por encima de la cabeza. La combinación se abrió aún más con ello.

—Bueno, es todo —musitó él iniciando la retirada.

—Espere. La propina.

—Oh.

Se detuvo en mitad de la habitación, pero la mujer no fue al armario, la silla o la mesa.

Fue hacia él.

Se detuvo delante de él, se arrodilló, llevó sus manos a la bragueta del pantalón y le bajó la cremallera muy despacio. El suave rasgueo fue apenas audible.

Después sacó su sexo y se lo llevó a la boca.

—Es una propina... muy... generosa... —balbuceó.

Ni le contestó.

Fueron cinco largos minutos en los que sólo hubo un movimiento, el de la cabeza de ella hacia adelante y hacia atrás, siguiendo un suave ritmo que se fue acelerando poco a poco. Cuando notó que él estaba a punto dejó de hacérselo y se levantó. Le empujó violentamente sobre la cama.

—¿Te ha gustado?

—S-s-sí.

—Ahora demuéstramelo.

JORDI SIERRA I FABRA

Empezó a desnudarle. Le sacó la chaqueta, la pajarita, la camisa. Mientras tanto, él se quitó los zapatos con los pies y se bajó los pantalones. Se quedó desnudo en menos de treinta segundos. Entonces pasó a la acción, casi le arrancó la combinación, las bragas, el sujetador. Se le echó encima como un sádico poseso. Ella se abrió voraz. Estaba muy cálida, húmeda.

–Cómemelo –jadeó.

La obedeció. Era tierno y jugoso. Una fruta madura a punto para ser mordida. Hundió su cara entre las piernas y la sintió vibrar. Con las manos le apretó las nalgas, los muslos. Bajó hasta los pies. Sus pies.

Cómo le gustaban los pies.

Ella tuvo el primer orgasmo casi diez minutos después. Empezó a gemir y a gritar.

–Ahora... fóllame ahora... ¡Ya! –le ordenó temblando.

Dejó de trabajárselo con la boca y subió. Lamió su vientre, sus pechos, su cuello arqueado. La penetró de camino, aún antes de besarla. Se fundieron los dos en el abrazo final. La empujó como un condenado y ella subió las piernas, abiertas de par en par para él. Tenía los ojos cerrados, la boca tan abierta como las piernas y la lengua fuera, oscilando. Se la atrapó con los labios.

Llegó el segundo orgasmo.

Entonces él se dejó llevar.

Y al notarlo, ella se puso a gritar.

–¡Fóllame! ¡Dámelo ya! ¡Todo! ¡Así, cabrón, así...! ¡Sírveme!

Gritaron cinco, diez segundos más. Luego todo acabó.

De momento.

Despacio, volvió la calma, acompasaron sus respiraciones. El hombre se apartó de encima de la mujer. Los dos quedaron boca arriba, extenuados por el esfuerzo.

–Aún tengo ganas –dijo ella.

–Dame diez minutos para recuperarme.

–¿Podrás?

–Sí.

Se giró hacia él.

–¿No te esperan?

–Sí, pero ya diré cualquier excusa. Esto es demasiado bueno.

–¿De verdad?

–Genial.

–Tú tampoco has estado mal.

–Demasiado rápido. Pero gracias.

–Mírame.

Volvió la cabeza hacia ella.

–Debes de hacer esto todos los días –dijo la mujer.

–No.

–Yo diría que sí. Hay mucha ejecutiva suelta y salida.

–¿Eres una ejecutiva?

–Sí, de una multinacional americana.

–Debes viajar mucho.

–Bastante, y siempre sola, o con una panda de capullos que quiere exactamente lo que tú has hecho. Pero esos son unos estúpidos machistas. Los hombres del traje gris, como los llamo yo. En cambio cuando veo un uniforme...

–¿Así que ha sido por el uniforme?

–En parte. Pero después estaba lo de dentro –le pasó un dedo por el vello del pecho.

–Yo me he puesto a mil al ver tus pies.

–¿Es tu fetiche?

–Sí.

–Me alegro de haber ido descalza.

–Los tienes preciosos. Para comérselos.

–Puedes volver cuando vaya a tomar un baño –le pasó el pie por la pierna, subiendo despacio.

–Eres terrible, ¿eh?

–¿Estás casado?

–Ajá.

–¿Qué tal es ella?

–Bueno... normal.

–Háblame de tu normal mujer.

–Es buena persona, afable, simpática, sabe cocinar.

–¿Tenéis hijos?

–Cuatro. Por culpa de eso se dejó llevar y...

–Cuatro hijos –ponderó ella–. No está mal –le tocó el sexo con la mano, palmeándoselo–. Tienes un arma peligrosa.

–¿Tú no tienes hijos?

–¿Yo? No.

–¿Estás separada o algo así?

–Mi marido es presidente del Consejo de administración de una docena de empresas –se encogió de hombros–. Folla con los negocios, y a lo mejor con alguna secretaria cachonda si es que se le levanta, porque tiene bastantes más años que yo.

–Pues con una mujer como tú no entiendo...

–¿Te parezco guapa?

–Impresionante.

–Mi pequeño tigre...

Se acercó a él y le lamió la cara, de arriba abajo. Volvió a tocarle el sexo con la mano, pero aún no era el momento.

–He de venir más a este hotel –le echó el aliento cargado de pasión sobre la nariz.

Él lo aspiró.

–Hazlo otra vez. Me gusta como sabes.

Ella lo repitió. Aspiró aún más profundamente.

–Pequeño mío...

Se puso encima de él y empezó a besarle y a lamerle el pecho. Lo hizo de forma minuciosa, sin dejar un sólo punto desprovisto de contacto. Selló húmedamente cada centímetro de su piel bajando por el vientre, las piernas, los pies. Se dedicó a ellos, jugó con cada dedo dentro de la boca, le lamió las plantas. Él no se movió. Si tenía cosquillas se las tragó. Mucho después, ella volvió a subir despacio, pero esta vez se detuvo en su sexo. Se estaba recuperando.

Cinco minutos más.

–Móntame.

Le obedeció. Se sentó encima de él y se lo introdujo. Inició un cadencioso galopar, primero pausado y, poco a poco, más agreste. Él le apretó los pechos con las manos. Fue como el pistoletazo de salida de una carrera.

Regresó el desenfreno a la cama.

Los gemidos y los gritos.

Esta vez sólo hubo un orgasmo, compartido, breve el del hombre, fulminante el de la mujer.

Hasta acabar los dos derrengados sobre la cama.

Entonces se echaron a reír.

Risas de libertad y complicidad.

Tras la última emoción... la calma.

Quince minutos después, mientras él estaba adormilado, ella rompió el silencio.

–Será mejor que nos levantemos o nos quedaremos fritos.

–Un poco más.

–No. Quedamos en que luego iríamos al cine. Si te duermes ya no te levantarás, que te conozco.

–Vale.

Abrió los ojos y la miró. Ya no había lujuria en sus pupilas.

–¿Qué tal? –quiso saber.

–Bien, ¿no? –asintió ella.

–¿Mejor que el del guardia de tráfico y la conductora novata?

–No sé qué decirte. También tuvo su morbo con lo de la porra.

–A mí me gustó más el del inspector de Hacienda.

–¿Declaración simple con la boca o compuesta con...? –puso voz de hombre ella. Y tras echarse a reír los dos, agregó–: El próximo lo haremos con algo clásico.

–¿Cómo qué?

–Caperucita y el lobo.

–No, muy visto.

–¿Y «Alien» consiguiendo atrapar a Sigourney Weaver?

–¿Quieres marcha?

–Un poco de violencia... –ella puso cara de mala.

–Bueno, podría llenarme la boca con algo viscoso y dejártelo caer encima, como hace el bicho de la película.

–Vale.

–¿Qué hora es?

–Las ocho y media.

–¿Qué hay para cenar?

–¿Encima quieres cenar? ¿Tienes hambre? ¡Desde luego es que...!

–Caray, se me ha abierto el apetito.

–¡Señor! –levantó los brazos hacia lo alto.

–Va, que te ayudo a preparar algo –se incorporó el primero.

–¿Y si pedimos una *pizza*?

–Igual te confundes –bromeó él–. Ya hicimos el del pizzero y la estudiante hace un mes.

Ella soltó una carcajada.

–¡Tonto!

También se puso en pie. Se miro en el espejo de la cómoda. Hundió el vientre y trató de elevar los senos hinchando el pecho. De frente, de perfil. Ninguno de los dos parecía tener intención de recoger la ropa diseminada por el suelo.

–No estoy gorda, ¿verdad, Leo?

–Deberías empezar a cuidarte.

–¿O sea que lo estoy? –se volvió hacia él.

–Yo no he dicho eso.

–Pero es la segunda vez que dices que tienes una mujer que no se cuida.

–Tú no tienes cuatro hijos –objetó Leo–. Y es la segunda o la tercera vez que tú también dices que tienes un marido mayor que ya no funciona.

–Eso ha sido un comentario llevado por la acción, para motivarte.

Empezaron a vestirse.

–Hemos de repetir el del director de la película porno. Aquel me gustó mucho –dijo ella saliendo la primera de la habitación.

–Y el de Sharon Stone en la comisaría cruzándose de piernas.

Leo se quedó solo.

Se dejó caer de nuevo sobre la cama, agotado.

La terapia funcionaba, habían puesto un nuevo incentivo en sus vidas.

Pero acababa derrengado.

Se quedó dormido sin darse cuenta.

Después de

Dámaso fue el primero en hablar, cuando sus respectivas respiraciones se habían acompasado y la calma recomponía su ánimo.

–¿Qué tal?

Susana se tomó su tiempo para responder.

–Bien.

–¿Sólo bien?

–¿Qué más quieres que te diga? –se sorprendió.

–No sé. Pues que ha sido... genial, empírico, sublime, el mejor polvo de tu vida.

–¿Lo dices en serio? –la sorpresa ya fue abierta.

–Mujer...

–¿Me vas a hacer un examen?

–No. Pero quería saber...

–¿Si ha sido el mejor polvo de mi vida?

–Quiero que estés contenta.

–Por lo general, cuando acabo de follar lo estoy. Me vaya como me vaya.

—O sea, que no ha sido el mejor...

—¡Y yo qué sé! —le interrumpió abruptamente—. ¡No los recuerdo todos!

—Coño, ni que follaras cada día con uno.

—No follo cada día con uno, pero es que eso del «mejor» me parece un concepto abstracto. El mejor a los quince está a años luz del mejor a los veinticinco, y este a años luz del mejor a los treinta y cinco. Además, se trata de eso, ¿no? De aprender y evolucionar y mejorar.

—Caray, yo sólo quería saber si te había gustado.

—Me ha gustado.

—Ya sé que no es un concurso.

—No querrás que te dé una puntuación.

—No.

—Entonces.

—Si tuvieras que darle una puntuación, ¿cuál le darías?

—¡Ay la leche! ¿Hablas en serio? —se agitó en la cama.

—No, es sólo por hablar —Dámaso le quitó importancia—, pero si tuvieras que dársela...

—¡Y yo qué sé! —le miró de lado, con el ceño fruncido, y de pronto, al ver su cara de zozobra, le soltó—: ¡Un siete!

—¿Un siete? —la ansiedad le traicionó.

—¿Lo ves? ¿Qué pasa, que si te doy un cinco te deprimes y si te doy un nueve te realzo la virilidad? ¿Es eso? ¿Quieres que te puntúe de verdad? —se encrespó a medida que hablaba—. Pues mira, ¿qué tal un seis por tamaño, un siete por larga, un nueve por grosor, un seis por dureza, un cinco por duración y un seis por placer?

—Yo no pretendía... —se le notaba que calculaba mentalmente la valoración de las rápidas notas otorgadas a su labor erótica y sexual.

Susana no le dio tiempo a reaccionar.

–¿Quieres un diez? Si te quedas más tranquilo y relajado te doy un diez, ¿vale? Si eso te hace feliz.

–Yo no quiero ser feliz, ¡quiero que lo seas tú!

–¡Anda ya, por Dios!

–De verdad. Quería dártelo todo.

–Hijo, hablas como si me quisieras llenar de qué se yo.

–¿No te has corrido?

–Sí.

–Pues si te has corrido es más de un siete.

–Estoy apabullada –no podía creerlo.

–Correrse, correrse, es un sobresaliente.

–¿Y si no me hubiese corrido, aunque me hubiese gustado mucho por haber sido romántico o lo que fuese, qué?

–No sé. Hay mujeres que no tienen un orgasmo en su vida.

–Por suerte cada vez hay más hombres como tú –le palmeó el hombro con la mano.

–Me preocupa no ser egoísta y todo eso.

–Eso está bien, ¿ves? Los hombres generosos no abundan.

Lo miró de reojo. Su tono era de estarle tomando el pelo.

–No te burles –la recriminó.

–No me burlo, pero es que exámenes a estas alturas... Qué manía tenéis los tíos con lo del orgasmo. Podría no haberme corrido y darte un diez, ¿vale?

–Pero te has corrido.

–¡Sí, me he corrido! ¡Santo Cielo!, ¿y qué?

–Es que gemías y gritabas como si estuvieras en éxtasis.

–Pues mira tú qué bien.

–Me ha hecho sentir muy realizado.

–Tú chillabas como un loco.

–Es que a mí me dan muy fuertes.

—Cojonudo.

—¿Tú gritas y gimes aunque sea un cinco pelado?

—Dámaso —se revistió de paciencia—, grito y gimo porque cuando me corro lo hago. Punto. Mi amiga María es silenciosa. Mi amiga Lucía es de las que se desmaya. Te gustaría. Te da la sensación de diez total, ¡oh, sí! Mi amiga Tamara es de las que se muere con todo lujo de catarsis y mi amiga Eladia de las que sólo suspira y te crees que no ha llegado. ¡Cada cual se corre como puede!

—No te enfades. Sólo quería que no te arrepintieras. Y hacerte feliz, por supuesto.

—¡Pero si soy feliz! No me habría acostado contigo si no lo fuera.

—Podías haberme hecho un favor.

—¿Un favor?

—Sí, ya sabes. Me ves cara de ganas y piensas que tal vez tal y cual y entonces...

—Yo no hago «favores» de esos —hizo hincapié en la palabra.

—O podías haberlo necesitado tú y aprovechar que yo...

—Tampoco voy quemada ni salida ni desesperada.

—No, sí ya... Pero...

—Cuando un hombre y una mujer adultos hacen el amor es porque a los dos les apetece y hay una oportunidad.

—Estamos hablando de la primera vez. De nuestra primera vez.

—¡Pero no tenemos veinte años! ¡Tenemos...! —se lo pensó mejor y no siguió por ahí.

—Si tuviera veinte años pasaría de preguntarte nada. Si lo he hecho es porque a nuestra edad el tema es delicado. Tú no estás para perder el tiempo. Eres una mujer atractiva, preparada, intensa, directa, excepcional...

–¿Quieres que me corra otra vez de gusto o qué?

–Es la verdad.

–Te voy cantidad, vale. Pero no creo que esta sea la mejor conversación para después de.

–Es mejor tenerla en caliente. Mañana puede que no te parezca bien, y que por no decirlo no quieras volver a verme, y que...

–Dámaso –le miró fijamente de lado sobre la cama–. ¿Me vas a dar mucho la vara con todo ese rollo? Porque si lo sé no lo hago. ¡Joder con el examen!

–Yo sólo quería...

–Lo sé, no me lo repitas: complacerme. Pero a una tía no se le pueden ir con esos rollos, ¡por Dios!

–¿Por qué?

–¿Qué quieres que te diga, que ha sido normal, correcto, que no he oído campanas, que el siete es bastante alto y generoso para no torpedear tu masculinidad? ¿Es eso?

–Bueno, un siete está bien para la primera vez.

–Ahora estás autocomplaciente.

–Vale, vale.

Susana frunció el ceño.

–Oye, ¿les preguntas a todas lo mismo?

–Que yo tampoco voy por ahí follando cada día. Las ganas.

–¿Pero se lo preguntas?

–Si me interesan...

–Eres un inseguro.

–No es verdad.

–Inseguro e inmaduro.

–Si lo sé no te pregunto nada.

–¿De veras hace falta que la tía te diga cómo has estado?

–Sé que he estado bien, pero comparado con otros...

–¡Sabes que has estado bien! ¡Oh, vaya, qué fuerte! No hemos estado precisamente dos horas, ¿sabes?

–¿Cuánto...?

–Veinte minutos.

–Bien, ¿no?

–No sé. Tú sabrás.

–No importa la cantidad, sino la calidad.

–¿Me vas a enseñar un certificado de esperma de primera y rico en bichitos con colita?

–Ya sabes que la primera vez con alguien siempre da corte y quieres estar a la altura –dijo Dámaso–. Todo el mundo quiere hacerlo bien, porque es la vez más importante y de ella dependen las relaciones posteriores con esa persona.

–O sea, que de lo que tienes miedo es de que no te deje mojar otra vez.

–No. Creo que hemos empezado algo bonito que no tiene que ver tan sólo con el sexo, que está por encima de...

–Eres un romántico. Pero tampoco te pases.

–¿No te gusto?

–Sí, pero supongo que no vas a pedirme que me case contigo mañana mismo. De momento hemos follado, que ya está bien como inicio.

–Yo creo que lo nuestro es más que eso.

–Pues si es más que eso, ¿a qué viene todo este panegírico?

–Quería estar seguro.

–¿Para hacerlo igual la próxima o mejorar la nota? –bromeó ella.

–Siempre se puede hacer algo más.

–Vaya, menos mal, porque a decir verdad esta vez...

–¿Qué? –reapareció su ansiedad.

–Nada. Se te notaba con ganas.

–Es que hacía mucho que no...

–Pues la próxima, deja que me quite las bragas. Como quien dice, vamos.

–No sé ni cómo ha sido.

–Yo sí. Antes de darme cuenta ya la tenía dentro.

–Se me ha resbalado.

–¡Oh, sí, lo entiendo! ¡La sima profunda! ¡Flop! –puso los labios como si le absorbiera–. ¡Mi agujero negro devorador!

–Ya te digo que hacía mucho tiempo. Después de esa mala racha...

–¿Lo ves? Las cosas son como son y pasan cuando pasan. ¿Quién te iba a decir a ti que hoy mojarías?

–Llevo tanto tiempo insinuándotelo...

–¿Llamas insinuar a todo lo que te has montado desde tu separación?

–¿Se me notaba?

–Lo habría notado un ciego sin necesidad de braille. Y por cierto –lo desafió con una mirada de inteligencia–. Puestos a preguntar, ¿yo qué tal he estado?

–Tú perfecta. Sí, sí, demasiado.

–Teniendo en cuenta que me la has endiñado a las primeras de cambio, ¿crees que he estado perfecta?

–Genial.

–Puntúame.

–Un diez.

–Dámaso –volvió a palmearle el brazo–, te habrás tirado a muy pocas tías, o habrán sido unas guindillas, porque yo no he hecho nada.

–Estabas tan mojada, tan húmeda...

–Yo siempre estoy mojada. Me chorrea la humedad por los bajos.

Él tragó saliva.

–¡Jo! –suspiró.

–¿Demasiado directa?

–Es lo primero que me gustó de ti, que eres directa y no te vas por las ramas. Hay muy poca sinceridad hoy en día. La gente miente y miente y se queda tan tranquila. Ya es de por sí difícil tener una relación con una mujer, así que imagina.

–¿Cuánto llevas separado de tu mujer?

–Un año.

–¿Y en este tiempo...?

–No, nada.

–¿Y antes?

–Antes sí. Ten en cuenta que me casé casi con treinta.

–¿Por qué te dejó?

–No nos entendíamos en la cama.

–Y el que sí lo hizo se la llevó, ¿no?

–Fue de mutuo acuerdo. Ni ella ni yo teníamos nada.

–¿Nada?

–Ninguna historia extramarital.

–¿Y ahora?

–Ahora ella tiene un novio, sí.

–¿Lo conoces?

–Sí, era un vecino de la escalera. También se separó de su mujer.

–¿Un... vecino?

–Supongo que al quedarse los dos solos, y como se conocían...

Susana se lo quedó observando unos segundos. Dámaso resistió su mirada. Era fornido, velludo. Un gran oso de peluche. Ni siquiera estaba muy segura de por qué le atraía. Tal vez porque parecía manejable.

–Eres un ingenuo –musitó ella.

–¿Por qué?

–¿De veras te gusto? –eludió la respuesta.

–Muchísimo.

–Pero no irás en serio conmigo, imagino.

–No sé. Yo pienso que sí. Después de esto...

–¿Estás enamorado de mí?

–Sí.

–¿Me quieres?

–Sí, de lo contrario no me habría...

–Oye, no te enrolles. Sólo nos hemos acostado. Eso no significa nada. Vamos, que no vas a tener que casarte conmigo para reparar ningún daño, ¿estamos? Y otra cosa: enamorarse no es lo mismo que querer.

–¿Ah, no?

–No. Yo me enamoro cada día de muchas cosas, pero querer sólo se quiere a alguien muy especial una o dos veces en la vida.

–¿Tú estás enamorada de mí?

–Me gustas.

–Pero no me quieres.

–Aún no.

–Es por lo del siete.

–Es por... ¡narices! –gritó elevando la voz–. ¡No me seas ridículo, por favor! ¡Ya tuve bastante con Ginés!

–¿Quién es Ginés?

–Era mi primer novio. Iba de duro. Si no duraba una hora dentro de mí decía que ni lo había sentido, y si no me corría tres veces decía que no estaba a tono. La verdad es que tenía más lengua que sexo, y más sexo que cerebro. Pero yo era joven.

–La próxima vez también te lo haré con la boca, y tú a mí, y estaremos más sueltos, más libres, y me atarás, y...

–Espera, espera, Superman. ¿Vas a querer que te ate?

–Sí.

–¿Te va el sado?

–No, pero la impotencia de no poder hacer nada, de serlo todo en manos de la otra persona, de no poder reaccionar y... Bueno, es muy fuerte.

–¿Te ataba tu ex?

–No, pero tuve una novia que era genial. Como tu Ginés.

–Creo que después de todo sí vamos a repetirlo –sonrió Susana.

–¿No estabas segura antes?

–No. ¡Y no me digas que es por el siete! Las cosas pasan cuando pasan, y duran lo que duran. Cuando nos hemos liado a hablar, y cuando nos hemos besado, y cuando has empezado a tocarme las tetas... supongo que se me ha ido el santo al cielo. Mañana empezaré a comerme el coco, a preguntarme si he hecho bien, a tener reconvenciones y cosas así. Pero a lo mejor abro una nueva vía de interés sentimental contigo. Siempre he querido atar al otro.

–Yo soy muy dominable.

–Pero también me gusta que me hagan sentir mujer. Paso de los hombres-ternura y los hombres-sentimiento y los hombres-delicadeza. Pasión y virilidad han de ir juntas.

–Yo soy muy dominante.

–Dámaso, tú eres un cielo, pero los prefiero de esos que después de hacerlo se fuman un cigarrillo y se quedan dormidos.

–Yo no fumo.

–Pero dormir, dormirás.

–Como un lirón.

–Entonces ya tenemos el esquema de la próxima vez: tu me trabajas intensamente, yo te trabajo intensamente,

te ato, y como mínimo una hora después, gra
nuclear y anatómica. ¡Tachán! ¿Qué te parece?

–Maravilloso –le brillaban los ojos.

–¿Te va bien mañana?

Abrió la boca.

Y asintió con la cabeza, como si no pudiera hablar.

–Perfecto: mañana –convino ella–. Mientras, ¿qué tal si ahora aprovechamos el rato?

–Lo que tú quieras.

–Pues hala, vamos.

Susana se desperezó en la cama y quedó con los brazos arriba y una sonrisa de picardía coronándole el rostro. Tal cual.

Él no acabó de entenderla.

–Dámaso.

–¿Qué?

–¿A qué esperas?

–No entiendo...

–Hay que ensayar, ¿no? ¿Por qué en lugar de hablar tanto no tratas de mejorar la nota?

–¿Ahora?

–¿Puedes?

–Oh, sí, claro.

–Pues entonces...

A él se le iluminó la cara.

–Si echamos dos querrá decir que te ha gustado de veras, y que yo...

–¡Dámaso!

–Vale, vale.

Y empezó a besarla de nuevo.

Sólo que esta vez ella mantuvo las piernas cerradas con firmeza, para impedir que volviera a «resbalar» antes de hora.

SOLOS EN INTERNET

SE SENTÓ DELANTE DEL ORDENADOR, lo puso en funcionamiento y esperó. Cuando la pantalla se hubo iluminado procedió a entrar en internet. Luego tecleó la contraseña y envió el mensaje. Se quedó mirando la pantalla, y las letras que conformaban la primera frase.

«Hola. Soy Vida. ¿Estás ahí?».

No tuvo que esperar demasiado. La respuesta surgió como una aparición envuelta en el silencio.

«Soy Corazón y estoy aquí».

Suspiró. Necesitaba hablar con él.

«¿Qué tal?».

«Bien».

«Creía que no estarías. Es muy temprano».

«Iba a empezar yo la conversación. Hemos coincidido».

«Me alegro».

«Yo también».

«¿Qué has estado haciendo?».

«Nada importante. Trabajar. ¿Y tú?».

«Lo mismo».

«Te noto... extraña. Es como si tus palabras estuviesen llorando».

«Estoy llorando».

«¿Por qué?».

«No lo sé».

«Dímelo».

«No lo sé. De verdad. Hay momentos en que todo es confuso».

«Te entiendo. A mí me sucede igual».

«Bueno, no me hagas caso. Hoy tengo un día...».

«Sé cómo te sientes. Yo también tengo un día cargado de sensaciones».

«Será la primavera».

«¿Por qué no me cuentas lo que te pasa?».

«Creo que...» –dejó de escribirlo y vaciló.

¿Qué demonios estaba haciendo?

La pausa se rompió en la pantalla con una simple palabra de apremio.

«¿Qué?».

«Es una tontería».

«Dilo, por favor».

«Me gustaría conocerte, y decirte algo».

Ahora la pausa se instaló al otro lado de la pantalla. Duró poco.

«Eso terminaría con la magia».

«Perdona. Ha sido una tontería».

«No, tontería no. Desde que chateamos yo tengo algo nuevo. Y es algo muy importante. Algo en que creer. Has sido muy importante para mí. Me sentía muy solo».

«Y yo muy sola».

«¿Y, si me conocieras, qué me dirías?».

¿La verdad?

«Muchas cosas» –evadió la respuesta directa.

«Yo también te diría algo».

«¿El qué?».

«Muchas cosas».

Tenía que cambiar el giro de la conversación. Había estado a punto de meterse en una trampa. Aunque en el fondo...

Lo deseaba.

Respiró con fuerza, llenó sus pulmones de aire y tecleó:

«¿Has escrito más poemas?».

«Sí».

«Mándame uno».

«Está bien. Es uno muy cortito que se me ocurrió anoche, después de chatear contigo. Es bastante lorquiano».

Y letra a letra, el poema fue surgiendo en la pantalla:

«Grítale mi nombre al viento

y lo haré su prisionero.

Yo gritaré el tuyo hacia adentro

para que me abrase entero».

Lo anotó en un papel antes de responder.

«Es precioso».

«Bueno, es distinto a lo que suelo hacer».

«Me encantaría tener tu sensibilidad».

«¿La mía? Tú eres la persona más sensible que conozco».

«No, qué va».

«Lo eres. Desde que te cruzaste en mi pantalla todo el mundo me parece superfluo».

«A mí me sucede lo mismo. Eres un hombre muy tierno».

«Y tú la mujer más increíble que haya conocido».

Leyó la frase una vez. Dos veces. Tres veces. Cerró los ojos.

Volvió a teclear, un poco más despacio, buscando las palabras adecuadas.

«A veces me siento muy extraña. Es como si el mundo estuviese al otro lado de mí, ¿entiendes? Yo estoy fuera. No pertenezco a nada».

«¡Me ocurre exactamente lo mismo!».

«Estamos tan solos, y somos tan solitarios».

«¿Puedo preguntarte algo privado?».

«Sí».

«No sé si debo».

«¿Después de tantas semanas? Vamos, adelante».

Esperó la pregunta con impaciencia.

«¿Cuánto hace que no estás con alguien?».

Estar con alguien. Era el matiz adecuado.

«Demasiado».

«¿Cuánto?» –insistió Corazón.

«Cuatro años».

«Es mucho tiempo».

«¿Y tú?».

«Tres».

«¿No has encontrado a nadie?».

«Ni siquiera lo he buscado».

«¿Por qué?».

«No me interesa. La gente es superficial. Y puede que te esperara a ti».

«¿A mí? ¿Por qué?».

«Eres distinta».

«No, no lo soy. Ni siquiera sabes si soy guapa o fea».

«Sé que eres preciosa».

«Puedo estar paralítica».

«No».

«¿Cómo estás tan seguro?».

«Porque ya nos contamos la verdad, ¿no? Nuestra edad, en qué trabajamos, qué hacemos... Somos personas normales a las que la vida ha tratado mal. Nada más. Tenemos miedo de que nos hagan más daño. Por eso nos protegemos detrás de la pantalla de nuestros ordenadores, y nos hacemos llamar Vida y Corazón. Eso es todo. No creo que haya más».

«Parece sencillo».

«ES sencillo» –destacó con su trazo diferencial en la pantalla.

«¿Cómo sabías que no había estado con nadie desde hacía tiempo?».

«¿Cómo lo sabías tú?».

«Somos transparentes, ¿no es cierto?».

«Transparentes en un mundo gris. No parece demasiado».

Miró la pantalla sin saber qué decir. En realidad sí lo sabía, pero cuando pensaba en ello el vértigo se instalaba en mitad de su conciencia.

¿Cuánto iba a durar aquello?

¿Por qué el primer día había dejado que...?

Estaba engañando, mintiendo a una buena persona.

Si tuviera valor...

Valor.

«¿Qué dirías si ciertamente fuese paralítica, o estuviese ciega, o tuviese cincuenta años?».

«Nada».

«No es cierto».

«Todos tenemos nuestros secretos».

«¿Por eso hablamos a través de un ordenador?».

«Tal vez».

«¿Tienes secretos tú?».

«Sí».

«No puedo creerlo».

«¿Quieres saber el mío?».

«Sí, si quieres decírmelo».

«¿Y si eso lo cambiara todo?».

«Llevamos muchas semanas hablando. Puede que necesitemos dar un paso más. Antes has hablado de vernos».

«No podemos vernos».

«¿Por qué?».

«Antes...» –vaciló. Iba a destruirlo todo.

Sólo que el juego ya no era un juego.

Y no quería hacerle daño a él.

¡Pobre Corazón!

«¿Antes, qué?».

«Antes deberíamos...» –volvió a vacilar.

Valor. La verdad. Simple. Fácil.

Y después lo perdería.

Su único amigo.

«¿Qué te pasa? Me estás asustando».

Su mente no dio la orden. Fueron sus manos las que lo teclearon al margen de su voluntad. Y nada más acabar de hacerlo... se sintió muy mal, y mejor, y peor, y de nuevo mejor.

«Soy un hombre».

Hubo una larga pausa.

–Ha cortado –musitó en voz alta para sí mismo–. Es el fin. Ha cortado y adiós.

¿Qué esperaba?

Las letras reaparecieron en la pantalla. Conformaron una respuesta, que a su vez era otra pregunta:

«¿En serio?».

«Sí».

«¿Eres de verdad un hombre, no una mujer?».

«Sí».

«¿Cómo te llamas?».

«Federico».

Nueva pausa.

«¿Eres gay?».

«¡No!».

«¿Por qué mentiste?».

«Por miedo. No quería parecer vulnerable. Por eso fingí ser una mujer, y por eso lo de Vida. No pensé que nuestras conversaciones pudieran llegar a tanto».

«¿Y ahora por qué me lo has dicho?».

«No lo sé. No quería engañarte más. No lo mereces. Eres excepcional. Y entenderé muy bien que no quieras volver a saber nada de mí. Perdona».

«No he de perdonarte nada. Hace un rato te he dicho que yo también te diría muchas cosas si nos conociéramos».

«¿Algún secreto?».

«Sí».

«¿Cual?».

«Soy una mujer».

La sorpresa lo pulverizó.

Tuvo que leer las dos palabras varias veces.

Soy-u-na-mu-jer.

«¿De verdad?» –logró escribir sintiendo cómo el aire faltaba en sus pulmones.

«Me llamo Eulalia».

«¿Por qué mentiste?».

«Por lo mismo que tú. Miedo. No quería que me hicieran más daño, y me escudé detrás de una personalidad distinta. Creí que como hombre se me aceptaría más, y tendría más fuerza».

«¿Eres lesbiana?».

«¡No!».

«¿Lo demás es cierto?».

«Todo. Tengo treinta y siete años, soy normal, trabajo, me gusta leer... Todo. ¿Y tú?».

«También. Tengo cuarenta y un años, soy normal, trabajo, me gusta leer. Lo que te dije».

«Qué tontos hemos sido, ¿no?».

«Mucho».

«Hay algo que nunca nos hemos dicho, imagino que por prevención».

«¿Qué es?».

«Dónde vivimos».

«Supongo que estaremos lejos el uno del otro».

«Es lo más lógico».

«Tú en Vigo y yo en Barcelona».

«No. Yo vivo en Barcelona».

Barcelona.

Era... increíble.

«Yo también» –tecleó.

La pausa fue de nuevo evidente.

«Mi piso está en la izquierda del Ensanche».

«El mío en la derecha del Ensanche».

Tan cerca. Siempre.

«Eso lo simplifica todo, ¿verdad?».

«Sí».

«¿Crees que deberíamos vernos?».

«Sí».

«¿Cuándo?».

«¿Este sábado, a las cinco, en el centro de la Plaza de Cataluña?».

Una cita.

«De acuerdo».

«¿Cómo nos reconoceremos?».

«Creo que sabría encontrarte en medio de una multitud. Si encima es en el centro de la plaza, no habrá problemas».

«Claro. Qué tonta».

«Eulalia».

«¿Qué, Federico?».

«Tengo muchas ganas de conocerte».

«Y yo a ti».

«Me costará imaginarte como a una mujer».

«A mi me costará imaginarte como un hombre».

¿Quedaba algo más que decir?

Quería empezar a preparar la cita. Faltaban dos días. Una eternidad. ¿Por qué no habían quedado antes?

Ya mismo.

«Es curioso. No sé qué más decir».

«Yo tampoco».

«¿Hasta el sábado pues?».

«Hasta el sábado, Federico».

«Adiós, Eulalia».

La pantalla ya no registró movimiento alguno. Federico permaneció cerca de un minuto mirándola. Luego cerró la conexión a internet y también el ordenador. Cuando se levantó, las rodillas apenas si le sostuvieron.

Se miró al espejo.

Era el de siempre, vulgar, normal, cuarentón.

Solitario.

Pero volvía a ser un hombre.

Adiós a «Vida».

—Vaya, vaya —suspiró.

Y sonriendo se fue a la cocina a prepararse un bocadillo de tortilla.

No le había dicho a Eulalia que hacía la mejor tortilla del mundo.

SORDOMUDOS

ELLA SE RECOGIÓ EL PELO CON COQUETERÍA y le cubrió con una mirada de intenso placer.

—   —sus ojos desprendían luces.

Él la besó en los labios. Apenas un roce.

—

—

—

—

—

—

—

—

—

—

La noche era apacible. La luna flotaba sobre sus cabezas. Había algo especial en el aire. Los aromas eran muy fuertes.

Y las sensaciones.

—

—

—

—

Estaba temblando.

—

—

Comenzó a desnudarla.

—

—

—

—

—

—

—   —ladeó la cabeza esperando una respuesta.

Se la dio. Sus manos fueron vehementes. Explícitas.

Ella asintió.

Una ola más osada que las demás lamió sus pies. Eso les hizo abrazarse con más fuerza.

—   —se estremeció.

—

—

—

—

—

—

—

Se apartaron de la orilla cuando una segunda ola volvió a llegar hasta ellos. Recogieron la ropa y subieron un poco más arriba. No demasiado. Extendieron de nuevo la manta sobre la arena.

La última prenda de ropa desapareció de sus cuerpos.

Él apreció toda su infinita hermosura.

Ella suspiró feliz mientras las yemas de sus dedos apenas si le acariciaban con ternura.

Un beso más.

—

—

—

—

—

Se tendieron sobre la manta.

Y ya no volvieron a decirse nada.

Sus manos hablaron otro lenguaje.

EL CLIENTE ESCOGIDO

CUANDO ELLA PUSO SUS GRANDES LABIOS EN LOS SUYOS, cerró los ojos y se dejó llevar. Más que besar, parecía que le succionaba. La lengua se abrió paso hasta el interior de su boca y la degustó con avidez.

La abrazó.

Era carnosa, de piel aún suave, firme y turgente.

Aunque para turgentes, sus pechos.

–Los pezones... –susurró ella.

Y se apartó un poco, para permitirle el movimiento, mientras volvía a besarle en los labios.

Le presionó los dos, con el índice y el pulgar de cada mano. Gimió estremeciéndose. Ella era capaz de tener un orgasmo con que sólo le pellizcara, le besara o le mordisqueara los pezones.

–Cuca...

–Sí...

–¿Te gusta?

–Me pones a mil, cariño. Me vuelves loca.

Se aplastó contra él temblando.

Bajó las manos por su cintura, hasta las nalgas. Las tenía sobradas, generosas, y le encantaba cogerlas y apretarlas en toda su inmensidad, subirlas, bajarlas, moverlas, acariciarlas, sacudirlas. Luego la rodeó por delante hasta llegar al sexo. Las bragas tenían un cierre por la parte de abajo. Por si quería hacerlo en cualquier parte sin quitárselas. Lo abrió y liberó el acceso al sacrosanto templo de su placer.

Una caricia.

La mano entera.

—Ya estás mojada...

—Tú haces que se abran las compuertas de mi lago, cariño.

—No creo que sea especial.

—Sí lo eres. O piensas que con todo el mundo...

—¿Ah, no?

—¡No!

Cuca se apartó de él y le miró con reprobadora y disgustada actitud. Frunció el ceño como una niña mala y puso morritos.

—Eres cruel, ¿sabes?

—Yo creía... —vaciló.

—Pues no creas tanto. Eso no se puede fingir.

El hombre seguía trabajándole el sexo. Ella se abrió un poco más de piernas, para dejarle toda la libertad del mundo. Volvió a cerrar los ojos en pleno éxtasis.

—Pepe... Oh, Pepe... así, sigue... Oooh...

Lo guió hacia la cama, que estaba dos pasos por detrás de ella. Cuando rozó las sábanas con las piernas se dejó caer hacia atrás, sin perder el contacto. Primero quedó sentada. Después se tumbó de espaldas, atrayéndole para que se colocara encima. Sus piernas se abrieron aún más, formando un ángulo de noventa grados.

–Qué gorda la tienes.

–Cuca...

–Métemela un poquito.

–¿Ya?

–Es que estoy muy caliente, mi amor. Estoy que me salgo. La semana pasada no viniste.

–No pu...

–Así, así, entra... dentro... más...

–Quería hacerlo más largo, y que me la...

–Dios, Pepe, como me gusta tu polla.

–Dilo.

–Polla, polla, polla.

–Cuca...

Primero le había devorado los labios. Ahora le devoraba el sexo. Era como si se lo tragara. Allá abajo se producía una extraña lucha. Notaba la succión. Entraba y salía una y otra vez. Y ella se movía, se movía, se movía. Era genial. La mejor.

Y a buen precio.

–Fóllame, Pepe. Necesitaba que me follaran. Pero de verdad. Así... Así...

–Estás muy caliente, ¿verdad?

–Mucho. Tú también.

–Sí.

Jadeaba como un cerdo. Resoplaba encima de ella y la empujaba como si quisiera atravesarla. Ya no la tenía dura, se le iba poniendo a tono. Demasiado rápido.

Pero se dejó llevar.

Ella lo supo.

–Córrete, mi amor. Cuando quieras.

–Primero tú.

–No me importa. En serio. Te noto tan caliente... tanto... Oh, espera, creo que me voy a correr... sí, sí, me corro...

–Ya, ya...

–Sí, sí.

–Ya, ya...

–Me corro... Me estoy corriendo... Oh...

–Ooooohhh.

–Cariño.

–¡Aaaaah!

–¡Oh, mi amor, fuerte, así, dámelo todo, vacíate en mi cuenco! ¡Grita, libérate!

–¡Aaaaaaahhhh!

–Grita, ¡grita! Te quiero... ¡Oh, cuánto te quiero, Pepe!

–Yo... tam... bién... ¡Ah, ah, aaah...!

De pronto todo cesó.

Salvo sus respiraciones, agitadas, y el compás desaforado de sus corazones. Hacía calor y estaban sudados. Pepe se dejó caer encima de ella. Cuca lo abrazó con mimo. Se miró distraídamente las uñas de la mano derecha. Luego elevó los ojos al techo. Se vio a sí misma y a su amante, reflejados ambos en el espejo superior. Las carnosidades de Pepe casi la tapaban por completo. Sólo se le veía la cabeza, orlada por la pelirroja melena, y también los brazos y las piernas, aún abiertas. La calva de Pepe brillaba bajo la luz rojiza del caldeado ambiente.

–Cuca, eres maravillosa –jadeó él.

–Tú sí que lo eres.

–Lo necesitaba, ¿sabes? Ha sido una semana espantosa.

–Relájate. Estás conmigo.

–Oh, sí, qué bien.

–Además, puedes quedarte todo el rato que quieras. No tengo ningún cliente más.

–¿De verdad?

–Si quieres, puedes pasar la noche aquí. Y volvemos a hacerlo después.

–Cuca... –se incorporó vacilante para mirarla a los ojos. Sus brazos temblaron por el esfuerzo.

–Ven, tonto.

Ella volvió a acogerlo en su seno, y él se abatió de nuevo sobre su cuerpo.

Le acarició la nuca.

Durante tres, cuatro, cinco minutos, ninguno de los dos habló.

–¿No te peso?

–Para nada. Me gusta sentirte.

–Antes has dicho algo...

–¿Sí, qué?

–Has dicho que me querías.

–¿Cuándo?

–Cuando nos corríamos.

–Bueno, no lo recuerdo. Estaba en trance. Puro éxtasis. Pero supongo que es verdad. En momentos así te sale todo de dentro.

–Has dicho: «Te quiero. ¡Oh, cuánto te quiero, Pepe!».

–Es que te quiero.

–¿En serio?

–¡Claro que sí, tonto! ¿Por qué lo preguntas?

–No sé.

Cuca le apartó de encima suyo para mirarle bien. Pepe se dejó caer a un lado. Desde sus nuevas posiciones, tumbados cara a cara, continuaron hablando.

–¿Crees que por cobrarte ciento cincuenta euros todo es falso?

–Yo...

–¿No has visto lo mojada que estaba?

–Sí, sí.

–Ya te lo he dicho. Me pones a mil. Eres especial, diferente. Los otros sólo quieren sexo. Tú eres más...

espiritual. Eso es mucho. Al menos para mí, como mujer, lo es todo.

–No sabía que representase tanto.

–Cariño –le acarició la mejilla–. Para todos los demás yo estoy trabajando y punto. Siento que creas que tú también formas parte de esto, porque no es verdad. Me gusta estar contigo.

–Y a mí contigo.

–Tú también has dicho que me querías –lo abanicó con sus pestañas.

–Sí.

–¿Lo ves? Apuesto a que te ha salido de dentro.

–Sí, sí, de dentro, te lo juro.

–Eso es amor, y demuestra que los sentimientos afloran donde menos te lo esperas y cuando menos te lo imaginas. Y entre personas inimaginables. Pasa y ya está. Y cuando pasa...

–Pasa.

–Eso mismo.

Se acercó a él, le besó la punta de la nariz y volvió a su posición.

–¿Quieres dormirte un rato?

–No. Me gusta mirarte.

–Debo estar horrible.

–No, en serio. Estás guapísima.

–Eres un romántico.

–La verdad es que sí.

–Fue lo primero que aprecié en ti, además de la sensibilidad.

–¿Cuándo te diste cuenta?

–Casi al comienzo. La segunda o la tercera vez. No podía ni creérmelo.

–Pues pronto hará un año.

–El siete de mayo.

–¿Lo recuerdas?

–Naturalmente.

–Pero con tantos hombres...

–Por favor... –ella apartó la cabeza, volviéndola a un lado.

–Oh, Cuca, perdona.

–No importa.

–Lo siento.

–No importa.

Le puso una mano en la cara, para que volviera a mirarle. Cuando lo logró, venciendo su resistencia, ella tenía dos motas de humedad en las pupilas. Amenazaban con desbordarse.

–Lo siento –repitió Pepe.

–Bueno, soy lo que soy y ya está.

–Porque has tenido una vida difícil.

–Muy difícil –le rectificó Cuca.

–Seguro que si pudieras lo dejarías.

Se encontró con su mirada todavía húmeda y un súbito silencio de media docena de segundos.

–¿Qué pasa? –preguntó él.

–Es que...

–Vamos, dímelo. Hay confianza.

–No quería hacerlo hoy, y menos ahora, después de hacer el amor.

–¿De qué se trata? –se alarmó Pepe.

–Voy a dejarlo.

–¿Qué?

–Tú mismo lo has dicho: si pudiera lo dejaría. Y, aunque no puedo, lo dejo. Ya está. Mi decisión está tomada.

Pepe la contempló asustado.

–Pero... ¿qué dices?

–No quiero seguir siendo lo que soy, y menos para personas como tú.

–¡Para mi eres una reina!

–Una reina puta.

–¡No!

–Pepe, por favor. No me lo hagas más difícil. No puedo seguir fingiendo que no pasa nada.

–No, si yo te entiendo pero... Es que...

–¿Cómo crees que me sentiría ahora si tuvieras que marcharte y llegara otro cliente?

–Bueno... no sé.

–Pues piensa en ello.

–Ya pienso, ya.

–Hemos estado hablando de amor, ¿es que no te das cuenta? ¡De amor! Se acabó fingir. Antes no me importaba, era joven y estúpida. Ahora en cambio me siento sucia. Y no quiero sentirme sucia.

–¿Por qué no me hablabas de ello?

–¿Y qué querías que te dijera? Somos dos islas a la deriva que se han encontrado en mitad del océano, pero que no pueden detenerse.

Le pareció que lo decía con un poco de exaltación, pero él no lo notó.

–Sí pueden detenerse. Todo está en nuestras manos.

–Tú no quieres que lo deje por egoísmo. Sólo es eso –pareció a punto de volver a desgarrar los estanques de sus pupilas–. Quieres tu cita semanal y ya está.

–¡Quiero verte, claro! ¡Eres muy importante para mí, lo más importante que...!

–¿Y sólo por hacérmelo contigo una vez a la semana, aceptarías que lo hiciera con otros, aun en contra de mis sentimientos?

–¡No!

–Entonces déjame ser libre, Pepe.

Fue como si se lo implorara.

Como si él tuviera la llave de su felicidad.

–¿Y qué vas a hacer? ¿Adónde irás?

–Me voy a mi pueblo.

–¿A destrozarte estas manos sublimes arando la tierra? –se desesperó él.

–Ya ves.

–¡No!

–¿Qué quieres que haga, que me muera de hambre? De algo he de vivir.

–En tu pueblo te morirás.

–No, ya verás como no.

–¿Tienes ahorros, algo con qué empezar?

–Un poco, no mucho.

–¿Y eso es todo?

–Puede que acabe casándome con alguno de por allí.

–¿Qué dices? –se estremeció Pepe igual que si alguien hubiese abierto la puerta del frigorífico.

–Son buena gente. Algo gárrulos pero... ¿qué más se puede pedir? A mis años...

–Pero si sólo tienes treinta y cuatro.

–Treinta y nueve, cielo, treinta y nueve.

–Creía...

–Te engañé.

–Oh.

–Lo siento. ¿Me perdonas?

–Por supuesto. La edad no importa.

–Es lo que digo yo. Pero haciendo lo que hago... Los hombres ya tienen a su cuarentona en casa. No quieren otra. Buscáis juventud.

–Yo no. Yo busco una mujer de verdad, como tú.

–Qué amable eres.

–Lo digo en serio.

–¿Por qué no te has casado nunca?

–Porque no he encontrado a nadie como tú.

–Anda ya.

–Es la verdad.

–Y cuando la encuentres ¿te casarás con ella?

–Sí.

–¿Para formar una familia?

–Sí.

–¿Y tener hijos?

–Sí.

–Qué bonito –suspiró Cuca.

Dos lágrimas acabaron rebosando el nivel de contención de sus ojos y se desbordaron por sus mejillas.

–No llores, cielo.

–No lloro.

Se acercó a ella y le besó los caudales acuosos. Luego se los lamió.

–Por favor, no hagas eso –gimió Cuca.

–¿Por qué?

–Me pones a mil, ya te lo he dicho.

Intentó volver a repetirlo, pero ella le rechazó.

–No, Pepe, no –transmutó su rostro en una mueca de dolor mal contenido–. Es mejor dejarlo así. No quiero sufrir más.

–Déjame que te ayude.

–No.

–¿Por qué?

–¿Qué clase de ayuda? ¿Vendrías al pueblo una vez a la semana, y seguirías pagando por mí?

–¿Por qué te castigas así?

–¡Porque no tengo nada! ¡Y menos nada que ofrecer!

–A mí me lo has dado todo.

–Sólo te he dado sexo. Hasta hoy no hemos hablado de amor.

–Creía que te quería mucha gente.

–Tú has sido el único.

–¡Dios!

Se llevó una mano a los ojos. El corazón volvía a latirle con fuerza.

–Encontrarás a otra, no te preocupes.

–¡Yo te quiero a ti!

El grito la sorprendió.

–Es que tú eres muy bueno, cariño.

–Más de una vez he pensado que si fueras sólo mía...

–Podría ser sólo tuya.

–No tengo bastante dinero para eso...

–No me refería al dinero –ella baja la cabeza triste.

–Oh, perdona, perdona... Ni siquiera sé lo que me digo.

–Lo he hecho por dinero, para vivir, es cierto. Pero contigo lo habría hecho gratis muchas veces. Te repito que me gustas. Eres diferente. Tienes sentimientos.

–A mí me ha sucedido lo mismo. Tú siempre... me has gustado mucho.

–¿De verdad?

–Muchísimo.

–¿Por qué no me lo decías?

–Creía que se me notaba. No sé.

–Qué tonto has sido. A lo mejor habríamos podido... no sé, incluso... No, que tontería.

–¿Casarnos?

–Casarnos –suspira ella.

–¿Por qué no?

–Porque soy una puta.

–Tú no eres una puta.

–Sí, lo soy, y las putas no sueñan.

–Yo te quiero.

–Y algún día me recordarías que soy una puta.

–Nunca.

–Mirarías a todos los hombres y te preguntarías cuál ha estado conmigo. Saludaría a alguien y te comerías la cabeza preguntándote cuándo lo hicimos. Dudarías de mí.

–Nunca, nunca, nunca. Te lo juro.

–¿En serio?

–Sí.

–¿Me estás diciendo en serio que te casarías conmigo?

–Sí.

–Oh, mi amor –saltó sobre él y le aplastó con su peso, más por lo imprevisto que por excesos de carne. Su pubis abrazó la flaccidez de su pene en horas bajas–. Eso sería lo más hermoso que... –vaciló un par de segundos antes de cambiar de expresión y retroceder hasta su posición anterior–. Pero no puede ser cierto, ni verdad, así que... Por favor, no me hagas llorar.

–Te juro que...

–Calla, calla.

–¡Me casaría contigo!

Sus ojos lo taladraron. Hablaba en serio.

–Júramelo.

–Te lo juro.

–¿Cuándo?

–Mañana mismo.

–No hace falta que sea mañana. Podemos hacerlo la semana próxima.

–Cuca...

–Pepe, por Dios... No me hagas daño.

–Nunca te haría daño.

–¿Y si sales de aquí y cambias de idea?

–¿Quieres que te lo firme? ¡Te quiero! –se echó a reír–. ¡Te quiero! ¡Es increíble! ¡Ni siquiera me daba cuenta! ¡Te quiero! ¡Me da igual lo que hayas hecho antes! ¡Lo único que importa es el futuro! –parecía ido, feliz, arrebatado, en éxtasis–. ¡Ha sido una revelación! ¡Hoy...! ¡Oh, Cuca, lo veo todo tan claro!

–Me estás asustando, Pepe.

–¿Por qué?

–La felicidad no está hecha para todos.

–¡La felicidad está en nuestras manos! Si tú me quieres y yo te quiero, seremos felices. ¡El amor florece hasta en los lugares más raros!

Cuca lo miró fijamente. Temblaba como una hoja. Sus ojos se dulcificaron poco a poco.

–Puede que sí, que después de todo...

–Ten fe. Confía en mí.

–Tantos años esperando algo y cuando ya no creía en nada...

–¡Oh, Cuca!

–Pepe, cariño.

Se abrazaron y se besaron. Primero con pasión, después con ternura. Volvieron a la pasión y a la ternura dos o tres veces más.

–¿No lo harás sólo para hacerlo cada día, y gratis, verdad?

–¿Hacer...? ¿Quieres decir...? ¡Oh, no, no, no sólo es sexo! ¡Es mucho más!

–Pepe...

–Cuca...

Se estrujaron.

Ya no dijeron nada más.

O tal vez sí. Susurros cargados de emoción.

–Te quiero.

–Te quiero.

El abrazo se hizo eterno.

Segundos, minutos...

Una hora después él respiraba con lasitud, de forma acompasada, acompañado de leves ronquidos.

Cuca se apartó de su lado.

Pepe no se movió.

Se levantó de la cama, se atusó el cabello delante del espejo de la cómoda y se miró el cuerpo como solía hacer media docena de veces al día. Todo estaba en orden. Todo perfecto. Los pechos aún altos, los pezones duros, los rosetones oscuros, la cintura breve, el vientre plano, las caderas rotundas, las nalgas quizás ya al límite de lo excesivo, la melena rojiza teñida, el vello púbico recortado en forma de corazón, el sexo evidente.

Podría haber aguantado tres o cuatro años más a pleno rendimiento.

Y tal vez tres o cuatro más aprovechando...

Sonrió.

Salió de la habitación sin hacer ruido, desnuda, cerró la puerta, y cruzó el pasillo de un extremo a otro hasta llegar a la sala. Se dejó caer en una butaca desde la cual podía vislumbrar el camino que acababa de hacer y alcanzó el teléfono inalámbrico de la mesita. Marcó el número con el pulgar de la mano derecha y se llevó el aparato al oído.

–¿Sí? –dijo una voz femenina casi al instante.

–Soy Cuca.

–Ah, ¿qué tal?

–Ya está.

–¿No me digas? –estalló con admiración la otra.

–Nos casamos.

–¿Lo has conseguido?

–Ya te lo dije –manifestó con rotundidad–. Estaba a punto de caramelo.

–Chica, me dejas asombrada.

–Puesta a dejarlo... era el idóneo.

–Sí, sí, lo que digas. De todas formas, ¿seguro que tiene pasta?

–Sí, va de normal pero tiene lo suyo –hizo un gesto ambiguo y agregó–: Mujer, no es millonario, pero me dijo el del banco que va bien. Sobrado.

–¿No te engañaría?

–En la cama nadie me engaña, cielo.

La mujer del teléfono se echó a reír.

–No puedo creer que vayas a portarte bien –dijo.

–¿Y por qué no? En lugar de follar con diez al día, ahora follaré con uno, y cuando se le pase el entusiasmo, será una vez cada diez días. En el fondo es un cielo. Buena persona.

–¿Y si te cansas?

–¡Ay, mira, no sé! ¡Qué rollo! –protestó Cuca–. ¿Se te ocurre algo mejor?

–No, si ya me gustaría a mí pillar un mirlo blanco de esos, pero en el fondo soy tan pendón... Y donde esté mi Paco.

–Pues vaya cabrón.

–¿Qué quieres? Yo es que me enamoro, ya ves. No como tú.

–El amor es para los sentimentales. Y Paco es un chulo, nada más.

–Lo que pasa es que es muy hombre.

–Vale.

–Bueno, he de dejarte –se excusó la otra–. Tengo trabajo.

–¿Con quién?

–Un señor de Burgos. Viene cada año por lo de la feria. Mañana hablamos.

–No metas la pata cuando te lo presente, ¿vale?

–Que no, tía, que no soy idiota.

–Adiós.

–Adiós, cielo, ¡y enhorabuena! Porque supongo que debo felicitarte, ¿no?

–Tú dirás. Un beso.

–Chao.

Colgaron al unísono. Cuca se quedó mirando el auricular todavía unos segundos. Decidió que mejor llamaría a sus padres y al resto de la familia al día siguiente. Con más calma. Cuando tuvieran fijada la fecha y hubieran decidido otros detalles.

Suspiró.

Dejó el teléfono en su sitio, se levantó y regresó a la habitación. Cuando se metió en cama al lado de Pepe, este farfulló unas pocas palabras ininteligibles. Le caía un poco de baba por la comisura del labio. Iba a tumbarse pero se lo pensó mejor. Se la limpió con la punta de la sábana.

Se sintió feliz con su gesto de ternura.

Prácticamente ya se sentía una señora casada.

Casa, dinero, una posición, tal vez hijos...

Y Pepe no estaba mal. Mayor y fondón pero todavía con posibilidades.

Con todo lo que había trajinado ella...

Nada mal.

Se acomodó en la cama, miró el espejo del techo, con una sonrisa de oreja a oreja, y luego apagó la luz.

Ni siquiera supo cómo ni cuándo se durmió.

El conductor y la jipi

La vio al salir de la curva.

Solitaria, pelirroja, con una bolsa colgando del hombro, delgada, alta, prácticamente espectacular.

Y eso que vestía raro.

De gasas y colorines, «jipi».

No se lo pensó dos veces. Pisó el freno. El coche obedeció a sus caras prestaciones con la suavidad de un suspiro. Comenzó a mostrar la mejor de sus sonrisas. Hacía años que no tenía un rollo con una autoestopista. De hecho, casi ni había ya autoestopistas. Tal vez tuvieran miedo. Antes proliferaban, y eran abiertas, generosas, sin manías. El viejo espíritu del amor libre de los años sesenta. Algunas incluso hacían autoestop para buscarse un plan.

Viaje gratis y propina.

Frenó cerca de ella y pudo observarla mejor. Desde luego era muy guapa, aunque la forma de vestir... Claro que eso era lo de menos. Una vez desnuda cualquier mujer es igual a otra. Tendría veintitantos.

Bajó el cristal de la ventanilla que daba a la chica.

–Hola, ¿adónde vas?

–Ahí cerca, al desvío. Quince kilómetros.

No era mucho, aunque sí suficiente para trabajársela. Antes del desvío había un bosque perfecto.

–Sube.

–Gracias.

La autoestopista abrió la puerta y se sentó dentro tras dejar la bolsa atrás. Era un bombón, aunque mascaba chicle con frenesí. Su cabello era rojo como la sangre, aunque lo tenía recogido en un moño. Su cuerpo parecía intenso, aunque la ropa le venía ancha. Los ojos, los labios, eran para morirse, aunque nada más mirarlo parpadeó asustado.

Arrancó.

–¿Cómo te llamas?

–Josian.

–¿Eres extranjera? –una extranjera era mucho mejor que una nacional.

–No, es que me llamo Josefa Sigüenza Anglada.

Bueno, una nacional con ganas también era apetecible.

–¿Haces mucho autoestop?

–Cuando no tengo pasta, sí.

–Yo es que no paso por esta carretera demasiado.

–Mola.

No supo a qué se refería exactamente.

Quince kilómetros. Menos hasta el bosque. Tenía que ir rápido.

–Yo me llamo Lucio.

–Vale.

–Tengo una fábrica de embutidos.

–De puta madre.

Se había repantingado en el asiento, hundiéndose cómodamente en él. Llevaba puesto el cinturón de seguridad. La tira pasaba por entre sus dos pechos destacándolos con intensidad. Tenía los pies en alto, apoyados en la guantera.

Y mascaba el chicle con una ferocidad absoluta.

—¿Vives por aquí cerca?

—Sí.

—¿Trabajas?

—¿Trabajar? ¡No te jode, tío! Ya me dirás dónde hay curros decentes.

—Yo podría darte un trabajo en mi fábrica.

—¿Y pasarme el día destripando cerdos? No me va.

—¿Quién te ha dicho que ibas a destripar cerdos?

—¿No has dicho que era de embutidos?

—Sí, pero no...

—Da igual. Paso. Yo soy ecologista, ¿sabes?

—A mí nunca me han puesto una multa por contaminar nada. Y soy socio de Greenpeace —mintió de forma descarada.

—Pues bueno.

Era una pasota. Y se notaba. La típica pasota.

Igual le preguntaba que si quería hacerlo, directamente, y ella decía que ningún problema.

Aunque mejor ir despacio.

Y si no quería hacerlo del todo, bastaría con una...

—¡Cagüen la hostia! —la oyó tronar de pronto—. ¡La puta madre que me parió! ¡Joder!

La boca la tenía preciosa, pero los sapos y culebras...

—¿Qué... qué pasa? —se alarmó.

—Me he olvidado la jeringuilla.

—Ah.

—¿Tú no llevarás ninguna por ahí?

–¿Jeringuillas? No, no.

¿Diabética?

–¿Eres diabética?

–¿Qué dices, tronco? ¡Anda este con la finura! Yo me pongo, ¿entiendes? Unos chutes la mar de guapos.

–¿Eres...?

–¿Qué pasa? ¿Te mosquea? Tranqui, que no llevo nada encima. Si nos paran los galápagos tú limpio, chaval.

–¿Los galápagos?

–Los picoletos, los de tráfico, como quieras llamarlos. Ahora son los galápagos porque cuanto más lejos mejor. ¡Panda de cabrones maricones salidos picapollas!

Drogata. Perfecto. Por un billete se dejaría hacer de todo. O lo haría todo. Y eso que tenía un aspecto sano... Ni por asomo. Cómo engañaban las apariencias.

Pensó en Miguel, su hijo mayor. También él tenía una pinta de sano que tumbaba de espaldas.

Tendría unas palabras. Por si acaso.

–Si te pasa algo, puedes confiar en mí.

–¿De qué vas? –lo miró con la comisura de los labios levantada de forma exagerada y los ojos apretados bajo el fruncido ceño–. No te vas a poner moralino, ¿verdad?

–No, no.

–Es que para capulladas ya tengo bastante con mi padre.

–Oye, que yo defiendo la libertad de cada cual.

–¿Ah, sí?

–Sí, sí. Y me consta que esto de las drogas ya no es como antes. Controláis mucho más.

–O sea, ¿que vas de legal?

–Uno está acorde con su tiempo.

–Coño, pues no lo pareces –le miró la chaqueta colgada de una percha en la parte de atrás, la corbata de seda, la camisa blanca, los zapatos caros, el Cartier y el anillo de oro. Todo de una rápida pasada–. ¡Hay que ver como engañáis los carrozas!

–Es que yo no soy un carroza.

–Mira tú.

–¿Cuántos años me echas?

–Ni puta. ¿Cincuenta y cinco?

Exhibió una sonrisita forzada, casi cincelada con escalpelo en su cara.

–No, qué va. Eso es porque últimamente se me ha caído algo el pelo y claro... los hombres calvos parecen... Pero no tengo ni cincuenta. Vamos, que estoy lejos de los cincuenta.

–A mí –ella se encogió de hombros–. Más de treinta ya es como tener un pie en el otro barrio.

Pasó por alto el comentario. No valía la pena. Todos los jóvenes eran unos cretinos en ese tema.

–Irás corta de dinero, claro.

No le contestó.

Metió la mano derecha bajo la falda y empezó a rascarse la entrepierna con una intensidad manifiesta. Se mordió el labio inferior en plena efervescencia de mitigación de sus picores.

El «ras-ras» hizo que, por poco, perdiera el control de la dirección en la curva siguiente. Tragó saliva.

–¡La hostia, como me pica la chumbera!

–¿La...?

–¿A ti no te pican los huevos a veces? Pues eso. Si es que le dije a Mariano que se pusiera algo, joder. A saber lo que me pasó, porque lo tengo más rojo que el culo de una mona.

Una venérea.

¡Maldita suerte la suya!

Aunque con un preservativo...

Ningún problema. Y llevaba. Siempre llevaba, por si las moscas.

–¡Ay, Señor, como sois! –suspiró sonriendo.

–Oye, tú eres la mar de comprensivo, ¿no?

–¿Yo? Muchísimo.

Pero si fuera hija suya, y tenía la edad de Marian, desde luego ya la habría matado de una paliza. La muy...

–No, si ya se te ve cara de buena persona, ya. No creas que me habrían recogido muchos.

–Todos hemos de ayudarnos.

–Es lo que yo digo.

–Seguro que si yo te pidiera un favor, tú me lo harías.

Volvió a meterse la mano bajo la falda y se reinició el «ras-ras».

–¿Yo a ti? No, no creo. En cambio es una lástima que no seas médico, porque entonces sí me habrías podido hacer tú algún favor.

¿Por qué no había dicho que era médico? Eso suele tranquilizar mucho. ¡Ginecólogo! ¡Visita gratis in situ!

–¿Un favor como... pasarte drogas?

–No, echarme un vistazo. Tengo la esférula del talamillo escoñada, y también la jerigorza esa... ¿cómo se llama? Ah, sí, la neurolegia del hipodrénalo.

–No estás lo que se dice muy sana.

–¿Yo? De puta madre. Lo que pasa es que el sistema te utiliza para lo que te utiliza, y te oprime, y trata de marcarte, y de ponerte un número, y te dice que no fumes porque es malo, y que no bebas porque te escogorcia el hígado, y no folles porque pillas cosas raras...

–Follar es muy sano –saltó rápido.

–Pues a un novio mío se le cayó a cachos.

–¿Por qué?

–Por meterla en todas partes. Incluso con preservativos. A cachos, tú. Primero se le puso azul, luego violeta, después marrón... ¿Qué te pasa? ¿Te has puesto blanco?

–¿Yo? No, no.

–Aprensivo, ¿eh? –le dio un codazo.

–Que no, en serio.

–Pues no te creas, que yo también era un poco viva la virgen. Ya sabes, mucho decir que controlaba...

–Es que la libertad es genial.

–Lo mejor.

–Ahora mismo estaba pensando que tal vez tú y yo podríamos...

–¿Vernos de vez en cuando? –le interrumpió–. Me encantaría. Se nota que tienes clase. Aunque no podríamos dejarnos ver mucho, porque mi ex es un jodido cabrón machista que no ha digerido del todo que le diera la patada. Ya me dirás tú: el sábado me tomo una copa con un colegilla al que no veía desde hacía años, aparece él y empieza a sacudirle de hostias hasta en la partida de nacimiento. Fue brutal. Está pirado.

–Yo me refería a...

–Oh, espera, espera... –se llevó la mano a la nariz–. ¿Me está sangrando?

–No, yo no veo nada.

–Me parecía que tenía una hemorragia, y no quería mancharte el coche.

–¿Quieres que paremos?

–Tranqui, macho. Todo ese rollo de que uno se contagia sólo con tocar la sangre es un muermo. Hombre, si tienes una herida... Pero aun así es muy difícil.

–¿De que contagio... hablas?

–El sida.

Estuvo a punto de frenar. De golpe. Apretó tanto el volante que acabó con los nudillos blanqueados. Tenía la mirada fija y perdida en la carretera, más allá de cualquier distancia. Y una mueca patética quieta en su cara. Más que reír era como si estuviese a punto de sufrir un ataque de apoplejía.

–No tendrás manías, ¿verdad? –preguntó ella.

–¿Yo? No.

Maldita fuese su suerte. Tendría que llevar a lavar el coche. Fumigarlo. ¡Dichoso pendón!

¡Porque era un pendón desorejado!

Sucia, asquerosa, contaminada, drogada, sidosa...

¿Cómo la dejaban ir suelta por ahí?

¿Y si se lo hubiese tirado?

Porque esa clase de chicas abusaban de hombres como él. Personas normales, decentes. Utilizaban sus encantos y por unas míseras monedas...

–Yo no sé quién carajo me lo pasó, porque claro, me lo detectaron hace un año, y vete tú a saber. Pero aún no se me ha manifestado, ¿sabes? A lo mejor pasan diez años y como si nada.

–Y a lo mejor se te manifiesta en unos meses –fue deliberadamente cruel.

–Pues vale, pues me alegro. Total... Puto mundo este.

¿Cuánto faltaba?

¿Todavía un par de kilómetros?

–Mira –señaló ella a su derecha–, en ese bosque me lo he montado más de una vez.

–¿Un bosque? Ah, no me había fijado...

¿Por qué la había recogido? Ya no se podía fiar uno de nadie. Y menos mal que no le había robado. ¡Qué mundo! Tan joven y con picores, drogada, el sida, un novio loco, un lenguaje espantoso. Ya nada era lo mismo.

Dejaron atrás el bosque.

—No tendrás un hijo que puedas presentarme, ¿verdad?

—¿Yo? No, no tengo hijos.

—Pues deberías. Los hijos joden cantidad, pero enseñan mucho. Mira yo.

Sus padres debían de estar dando saltos de alegría.

—Y eso que yo aborté a los quince años, pero claro, es que tener uno a los quince años es un poco chungo. Mi padre me quiso hinchar la cara a hostias, no por haber abortado, sino por haberme quedado preñada, y más de su primo Eduardo, que tenía sesenta años. Menos mal que le puse el cuchillo de la cocina en los huevos y le dije: «¿No nos haremos daño el uno al otro, verdad papá?».

Ya no dijo nada. Viajaba con una especie de Charles Manson femenino. Cuanto antes se la sacara de encima mejor. Apretó el acelerador un poco más. ¿Echar un polvo? ¡Quería asesinarla! ¿Cómo dejaban ir a una loca así por el mundo?

—Ya llegamos ¿no?

—Sí, es ahí, en el cruce.

Redujo la velocidad y se acercó a la cuneta. Había una gasolinera y un grupo de casas precediendo al desvío que conducía al pueblo situado no muy lejos. Ella se desabrochó el cinturón de seguridad y también se sacó el chicle de la boca.

—¿Quieres mascarlo tú un rato?

—No, no, gracias. Muy amable.

La pelirroja abrió la puerta. Tiró el chicle antes de bajar, recogió la bolsa del asiento de atrás, se giró y se inclinó sobre el asiento.

—Has sido un colega de puta madre, tú.

–No hay de qué.

–Gracias, tronco.

Cerró la puerta. El coche arrancó casi con histeria. Rechinó las ruedas y volvió a la cinta de asfalto. Ella se le quedó mirando mientras se alejaba carretera arriba. Sonrió.

–¡Eh, Pepa! –oyó una voz a su espalda.

Era Néstor, el de la gasolinera. Echó a andar hacia él.

–¿Como estás, Néstor?

–¿Yo? Como cada día, ya ves. ¿Y tú aún jugándotela?

–Chico, hay que espabilarse.

–Ya, pero el día menos pensado...

–No es más que una vez a la semana, y llego mucho antes haciendo autoestop. Pero si no montara el número... Vete tú a saber. Tenías que haber visto a ese –ella señaló carretera arriba–. Menudo pardillo.

–Pardillo o no, seguro que quería...

–Como todos. Recogen a una chica sola y ya se creen que hay algo.

–Me gustaría verte un día.

–No me reconocerías –se echó a reír y cambió el tono de voz para decir abruptamente–: ¡Cagüen Dios, capullo! ¡La puta madre que te parió! ¡Me acabo de poner un chute y voy como un camión!

–Anda, anda –se apartó de ella al ver entrar un coche en la gasolinera–. Si es que tienes cada cosa...

Pepa se dirigió a los lavabos. Entró y sacó la ropa de la bolsa. Se cambió en menos de dos minutos. Pasó más tiempo delante del espejo, arreglándose el pelo. Cuando volvió a salir, apenas si se parecía en algo a la chica que había entrado. Vestía unos sencillos vaqueros y una camisa de color azul. El cliente de la gasolinera se estaba marchando.

−¡Adiós, Néstor! ¡Hasta la semana que viene!

−¡Saluda a tus padres, cariño!

−¡De tu parte!

El pueblo estaba cerca, y el paseo era agradable. Como la tarde.

¡Estoy harta!

Vio la cabina telefónica y lo decidió de golpe.

¿Por qué no?

Si se lo seguía pensando no lo haría nunca, y menos delante de él. En cambio así...

Se arreboló con una inusitada reacción de furia, entró dentro, sacó la tarjeta, la introdujo en la ranura y marcó el número.

Actuar. Actuar.

Al otro lado se escuchó el zumbido. Ella se mordió el labio inferior, cerró los ojos y contuvo la respiración. El momento decisivo.

–Vamos, vamos.

Click.

–¿Sí?

La suerte estaba echada.

–Juan.

–¿Sí? –repitió la voz masculina.

–Soy Carmen –era innecesario que se lo dijera pero se oyó a sí misma haciéndolo.

–Ah.

Sonó desapasionado, extraño y lejano. A veces era para matarlo.

–Hemos de hablar, Juan –vaciló un momento.

–Ah –volvió a decir él.

La vacilación desapareció. ¿Eso era todo lo que se le ocurría decir? ¿»Ah»? La sangre le puso las mejillas del color de la grana.

–Escucha, Juan –comenzó ella–. No me interrumpas, ¿de acuerdo? Esto es muy difícil para mí. Sin embargo, pienso que es lo mejor. Te conozco y no resistiría que empezaras a... –no quiso irse por los cerros de Úbeda y fue directa al grano–. Mira, Juan, quiero que sepas que estoy harta.

–¿Cómo?

–Harta, Juan. Harta, ¿entiendes? Harta de sentirme dominada, de no contar para nada, de que siempre escojas tú, de... Harta de todo. Ya no puedo más, así que se acabó.

–Pero...

–No, no hay pero que valga –lo detuvo–. No es producto de una irreflexión. En realidad llevo días, semanas, dándome cuenta de todo, pero como soy idiota. Sí, te has valido precisamente de eso: de que soy idiota –suspiró sintiendo cómo las palabras empezaban a aflorar a sus labios–. Estoy cansada, agotada física y moralmente. Me siento como un juguete en tus manos. No soy más que un objeto para ti, un lujo. Te sigo como una corderita, hago lo que quieres, chasqueas los dedos y yo salto. ¡Oh, sí, Juan: yo salto! Pero eso se acabó. Quiero tener mi propia vida, decidir por mí misma, escoger la película aunque sólo sea una vez. Hay algo llamado respeto, ¿sabes? Respeto, y comprensión, y amor...

—Me parece que...

—¿Te parece? ¿A ti te parece? ¡Oh, Dios! No sabes de qué te estoy hablando, ¿verdad? Para ti no soy más que una chica mona enamorada. Como una tonta. Porque yo soy de las que se enamora como una tonta. Y con eso de que soy un despiste y me aturdo enseguida y no tengo carácter y necesito a alguien... ¡pues hala, a abusar! Qué fácil, ¿verdad? ¡La pareja ideal! Tú haces y yo te sigo.

—Un momento...

—Ya no, Juan. Ya no hay un momento. Ya no hay nada. ¿Por qué no eres sincero contigo mismo por una vez? Mira a tu alrededor, y mira en tu corazón. ¿En qué nos hemos convertido? Peor aún: ¿en qué me has convertido? Cuando me enfado, te bastan siempre cuatro carantoñas para volver a conseguir que coma de tu mano. Eres muy persuasivo. Ya no tengo ni personalidad, me has anulado. Puede que no te hayas dado cuenta, que no hayas sido consciente, porque eres un egoísta egocéntrico, pero es así. Sólo vas a lo tuyo. Necesitas una esclava, y no estoy dispuesta a serlo yo.

—Oye, seguramente crees...

—¿Segura? ¿Segura dices? ¡Por completo, Juan! ¡Por completo! ¿Me estás escuchando? No crees que esto esté pasando, ¿verdad? Para tu ego es demasiado. ¡Pues es en serio, así que no hables de seguridad! Lo único que siento es no haber tenido el valor de decírtelo cara a cara, que todo haya sido así. Pero como sé que no habría podido hacerlo... —se estremeció al imaginarlo, y eso la hizo sentirse aún más firme en sus convicciones—. Siempre me has dominado. ¡Tantas veces he querido decirte todo esto sin poder! Es mi liberación, Juan. Y se me ha venido a la cabeza al ver la cabina desde la que te hablo. ¡Zas! Pero ahora sé que es lo mejor que he hecho

en estos últimos tiempos. Ni siquiera sé de dónde estoy
sacando las fuerzas. Se acabó, ¡se acabó!

–Bueno, creo que ya es hora de que te diga que...

Su tono era burlón. Encima. Se estaba riendo de ella.

–Ya no tienes nada que decirme, ¡nada! –se enfadó
aun sin pretenderlo–. Si te tuviera delante me entraría
miedo, me desharía, me faltaría valor, me mirarías con
tus ojos tiernos, me acariciarías, pero por teléfono... Y
voy a superarlo. Te lo aseguro. De entrada ahora me
iré al cine. Miraré la cartelera, escogeré por primera
vez en estos meses una película, la que me guste a mí,
y sin tener que discutir, ni depender de tu elección, iré
a verla. ¡Será fantástico! ¡Mi propia película! ¡Casi ni
puedo creerlo! –al otro lado de la cabina vio pasar a una
pareja de enamorados besándose. Esa imagen le hizo
daño. La invadió una oleada de emoción–. Oh, Juan...
¿por qué tenías que ahogarme tanto?

–Yo no...

–¡Tú sí! –gritó–. ¡Tú y sólo tú! ¿O vas a decirme que
la culpa es mía por ceder siempre? ¡Eres capaz! ¿Tú
decidías porque yo te dejaba, porque no tengo criterio, porque tú tienes esa seguridad aplastante de la que
carezco? ¿Es eso? ¡Por Dios, Juan! ¡Mira, bastante dolo-
roso es esto para mí, porque te quiero, pero ya te lo he
dicho: estoy harta! El amor ha de ser algo más. No sé...
comprensión, respeto, un mutuo acuerdo. No se trata de
que uno mande y el otro obedezca. Y no creas que estoy
enfadada contigo. En el fondo lo estoy conmigo misma.
No te odio, pero tampoco quería acabar odiándome a
mí misma.

–Pero si yo soy...

–¡Un egoísta! –se desesperó–. ¡Un completo egoísta,
maldita sea! No me has dado nada, ¡nada! Tú eres inca-

paz de dar, sólo tomas. Eres como una esponja capaz de absorberlo todo. Anulas a los demás...

¿Era posible?

El sonido que provenía del otro lado del hilo telefónico parecía de lo más evidente.

Juan se estaba riendo.

¡Se reía!

—Creo que ya es hora de que sepas que... —consiguió decir el hombre a duras penas.

—¡Eres un monstruo!

Las risas cesaron de golpe.

—Escucha, no sé quién...

—¡No quiero oír nada más! —miró a través del cristal de la cabina sintiéndose muy mal, desesperada, triste, rabiosa. Le faltaba el aliento. Quería abrir la puerta, salir, y sentirse libre—. Se acabó, Juan.

—¡Espera! Quiero...

—Demasiado tarde. Por primera vez, la última palabra la tengo yo.

Y colgó.

Temblaba.

Tuvo que sujetarse al mismo auricular, apoyar todo su peso en él. Se le doblaban las rodillas, tenía la mente nublada, los sentidos colapsados.

Lo había hecho.

Era realmente libre.

¡Lo había hecho!

Se apartó del teléfono, como si temiera que aún fuese un cordón umbilical que la uniese a él. Resistió la presión y la debilidad de sus piernas. El corazón era un caballo desbocado. Le costó respirar.

Una mujer se detuvo en la puerta de la cabina y miró hacia adentro.

Carmen abrió la puerta.

Salió al exterior.

La tarde, el anochecer, la vida, la ciudad, la gente.

Y ella.

Dio el primer paso de su nuevo futuro.

Necesitaba un café. Después... sí, iría al cine. ¡Claro que iría al cine!

Otro paso, y otro más.

Entonces chocó con alguien, y escuchó una voz...

–¡Carmen!

Levantó la cabeza.

Desde luego era imposible.

Sencillamente imposible.

–¿Ju... an?

Era él. Sonreía. Feliz.

–Iba a buscarte para darte una sorpresa. ¿Has salido antes? ¡Pues menos mal que nos hemos tropezado! ¿Por qué no me llamabas? ¡Hay, señor, como eres! ¡Si es que no piensas en nada, mujer!

–¿Pero...?

Juan se inclinó y le dio un beso en los labios. Eso se los selló por espacio de un par de segundos.

–¿Qué te pasa? Estás pálida. ¿Te encuentras bien?

–¿Yo? Sí, claro. Es que... –volvió la cabeza para mirar en dirección a la cabina. La nueva ocupante hablaba con alguien revestida de sonrisas–. Acabo de...

–Me lo cuentas de camino –la cogió del brazo y tiró de ella–. Vamos a ver una película sueca genial. No te digo el título porque es complicado y como a ti te da igual... ¡Pero venga, mujer! ¿Qué te pasa? ¡Pareces tonta!

La cabina. Un Juan. Cualquier Juan.

Y ella.

–Yo...

Buscó valor. Todo el valor que había tenido unos minutos antes. Había desaparecido. Lo había gastado por completo.

Juan le pasó su brazo derecho por encima de los hombros. La empujó suave pero firmemente. Tiró de ella, de su ánimo, de su voluntad. Carmen, menuda, pareció desaparecer bajo su influjo. Los pasos de él eran vivos, amplios. Tuvo que acelerar, seguir su ritmo.

Juan siempre iba a su ritmo cuando caminaban.

Ella corría.

—¿Estás bien? —le preguntó con cortés duda.

Y Carmen contestó en apenas un susurro:

—Sí, Juan.

EL HONOR DEL ASESINO A SUELDO

EN EL MOMENTO DE APARECER LA PISTOLA en su mano, ella dijo:

–No lo hagas.

Y él la miró como si no supiera de qué estaba hablando, con la mano firme en torno a la culata y los ojos perdidos en su imagen, en todo lo que representaba, su hermosura, su libertad...

Su futuro.

–Debo hacerlo –aseguró.

–¿Por qué?

–¿Lo preguntas en serio? –en su tono había incredulidad–. Soy el mejor. Esa es mi reputación.

–Pero esto es distinto.

–No, nena, no lo es. Ya lo sabes. Se trata de un contrato. Nunca he roto uno. Jamás he fallado. Y tampoco voy a hacerlo ahora. De todas formas, si no lo cumpliera... otro lo haría por mí.

–Huyamos.

–No.

–Juntos. Los dos.

–No.

–¡Por Dios, se trata de ti y de mí!

–Lo siento, cariño.

Los ojos de la mujer se llenaron de lágrimas. Fue algo espontáneo. Brotaron igual que sendos manantiales y resbalaron por sus mejillas hasta bordear los labios, carnosos, sensuales. A él le fascinaban aquellos labios. Besarlos, morderlos. Finalmente las lágrimas desaparecieron en el más allá del espacio que se abría al final de su rostro dolorido, saltando de la barbilla al vacío.

–Estás loco –susurró.

–Tal vez.

–Yo podría...

Hizo un gesto, un inútil esfuerzo de avanzar hacia él. La pistola se movió ligeramente, subió unos centímetros, la apuntó.

La mano era firme.

–No te muevas, cariño, será mejor para los dos. Y más fácil.

–Hagamos el amor.

Una hermosa idea.

–¿Ahora?

–Sí, ahora. Aquí y ahora.

Logró hacerle sonreír, sin ganas.

–Me gustaría –asintió con la cabeza para reforzar sus palabras–. Sabes que me gustaría.

Ella comenzó a desabrocharse la blusa. No fue un gesto deliberadamente rápido, pero tampoco lento. Temblaba.

–No lo hagas –dijo él.

No le obedeció. Continuó desabrochándose los botones, uno a uno. Sus manos, con las uñas largas y cuidadas, hacían y repetían los gestos con mecánica precisión. Dejó en libertad sus pechos, jóvenes, duros, fascinantes. Parecía que la escena incluso la excitaba.

Los pezones ya estaban duros. Lo miraban fijamente. Una directa mirada de desafío y amor.

Tragó saliva.

Ella ya no se detuvo. Continuó. Se quitó la blusa y la tiró al suelo. Luego, sin esperar ni un segundo, hizo lo mismo con la falda. La cremallera bajó haciendo un siseo armónico, sin esfuerzo, como si estuviese perfectamente engrasada. Dejó que la corta pieza de tela negra, en forma de tubo, resbalara y cayera en torno a sus muslos, hasta quedar detenida por el suelo, envolviendo sus zapatos de tacón, altos, sobre los que las dos piernas semejaban esculturas de mármol.

La sorpresa fue mayúscula.

No llevaba bragas.

Los ojos de él naufragaron en la espesa y cuidada mata de vello púbico.

Podía sentir su sabor en la boca.

Y su calor en su propio sexo.

—Ven —le pidió ella.

—No.

—Hagámoslo, una vez más, y si después quieres apretar ese gatillo... no te lo impediré.

—Es tarde.

—¡Nunca es tarde! —quebró ella su aparente tranquilidad—. ¡Olvida ese contrato! ¡Estoy contigo! ¿Por qué destruir eso? ¡Por favor, vayámonos lejos, donde nadie nos conozca ni nadie nos encuentre!

—Nos encontrarían.

—Hay un millar de islas perdidas en todas partes.

—Pero si tú estás en una de ella, darán conmigo.

–Me teñiré el cabello, seré fea, diferente.

Casi le hizo reír. Forzó una mueca que era eso, una media sonrisa de ironía y pesar. Obviamente no la creía. ¿Cómo ocultar aquella belleza? ¿Cómo...?

Seguía con los ojos fijos en su sexo.

Y el bulto de sus pantalones revelaba que su ánimo también.

–Te quiero –susurró él levantando de nuevo la mano que sostenía la pistola.

–No lo entiendo –volvió a llorar ella.

–No hay nada que entender. Firmé.

–Nunca preguntaste a quién tenías que matar, ni por qué, ¿verdad?

–No. Es malo saber demasiado. Y me pagan por actuar, no por pensar.

–El último romántico –se burló ella con acritud.

–Mi padre siempre decía: «Hazlo, nada más». Y llevaba razón. Es todo lo que cuenta.

–Tu padre estaba loco.

–Era un hombre de honor.

Ya no podía más. La impotencia la hizo estremecerse, como si de pronto un ramalazo de frío la hubiese sacudido de arriba abajo. Dijo lo único que podía decir en un momento como aquel.

Lo mismo que él acababa de decirle hacía unos segundos, a modo de despedida.

–Te quiero...

Cerró los ojos. No quería oír el disparo.

–Me habría gustado que fuese distinto, nena.

–Cariño...

La pistola subió un poco más. Dejó de apuntarla. La giró en dirección a sí mismo. Llegó hasta su sien derecha. Allí ni siquiera vaciló un instante.

Sonrió.

Y en el momento de sonar el disparo, de que su cabeza estallase en una especie de gran trueno rojo, ella abrió los ojos.

–¡¡¡Nooo!!!

Cayó de lado, mientras la sangre lo salpicaba todo, la pared, el techo, el suelo. Algunas gotas llegaron hasta ella, picoteándole la piel, tan cálidas que fue como si de repente se hubieran convertido en aceite hirviendo. Eso la hizo detenerse, horrorizada.

Se llevó una mano a los labios.

Y se mordió.

El cuerpo llegó al suelo. Produjo un ruido sordo. La pistola rebotó también en él. Produjo otra clase de ruido, metálico. En menos de diez segundos todo volvió al silencio y la inmovilidad.

Casi todo.

La sangre resbalaba por las paredes, y con ella, arrastrándolos, pedacitos de cerebro y vísceras.

Lo miró.

Ya no era guapo, ni estaba vivo. Era un muñeco roto.

Un pobre, estúpido y leal muñeco roto.

Ni siquiera se había dado cuenta de que sobraba.

Siempre fue leal.

Hasta la muerte.

Ella suspiró.

–Sí, cariño –reconoció impotente–, siempre fuiste un hombre de honor. La «familia» lo es todo. La maldita «familia». Ellos sabían que ni siquiera dudarías en matarte a ti mismo, porque nunca te interesó saber a quién tenías que matar. Sólo dónde, cómo y cuándo. Maldito honor...

Se dejó caer de rodillas a su lado y empezó a llorar suavemente.

El suicida

En el momento de subirse a la balaustrada del viaducto y mirar abajo, vaciló un par de segundos, igual que si de pronto se sintiese mareado.

No fue por la altura, considerable, sino más bien porque de una forma instintiva pensó en el dolor final, aunque durase poco.

Bueno, también estaba la caída.

Ver cómo el suelo se aproximaba a toda velocidad.

La espera del impacto.

Una muerte brutal, aplastado contra el suelo, reventado. Quizás sintiera los huesos quebrándose, la mente estallando, el fuego del daño rápidamente borrado por el hielo de la muerte.

Volvió a vacilar.

Después de todo, había otras formas.

Gas, horca, cortarse las venas...

Seguía mirando hacia abajo, sintiendo cómo el corazón le latía más y más en el pecho.

Entonces apareció él.

De la nada, cerca, igual que una sombra furtiva.

—Oiga.

Giró la cabeza, primero asustado, después molesto por la interrupción, y finalmente inquieto al imaginar que el desconocido trataría de impedírselo. Era obvio por qué estaba allá, y subido a la balaustrada.

Demasiado obvio.

Se encontró con un hombre elegantemente vestido, que, sin embargo, llevaba una ropa trasnochada, o más bien extraña. Ninguna de sus prendas parecía conjugar entre sí, los colores se le mezclaban, las clases de tela o las características chocaban haciendo daño a los ojos, y su rostro, enteco, reflejaba más bien la penuria que la riqueza. Llevaba barba de tres días, por lo menos, y el cabello revuelto.

El hombre le miraba con calma —¿de dónde había salido?—. Su cara no transmitía emoción alguna, y mucho menos miedo, o inquietud, o zozobra. Estaba seguro de no haber visto a nadie al entrar en el viaducto. Le miraba de abajo arriba, no tan cerca como para sujetarle e impedirle saltar ni tan lejos como para dar la impresión de distancia.

Se abstuvo de hablar. ¿Para qué?

Lo hizo el aparecido.

—¿Va a saltar?

Era la pregunta más estúpida que jamás le hubiesen hecho.

—¿Cómo dice? —vaciló.

—¿Que si va a saltar?

Decididamente estúpida.

—No —mintió.

—Ah, bueno —el hombre se encogió de hombros y se dispuso a dar media vuelta.

–Espere.

Logró detenerle.

–¿Qué cree que estoy haciendo aquí arriba? –rezongó irritado.

–Pensaba que iba a saltar, pero si dice que no...

–¡Pues claro que voy a saltar! –gritó–. ¡Y no va a impedírmelo!

El hombre parpadeó un par de veces, impresionado por su mal genio.

–Dios me libre –negó con la cabeza.

No le creyó.

–No use trucos baratos conmigo, ¿sabe? Estoy decidido.

–Así parece.

–¿Sí?

–Tiene aspecto de determinación. Se le nota.

Lo aseguró convencido y continuó donde estaba, quieto, con su misma cara de indiferencia, mirándole de abajo arriba.

–¿No va a tratar de impedírmelo? –vaciló por segunda vez.

–No.

–¿Por qué?

–Es su vida, y yo no me meto en la vida de los demás. Bastante tengo con la mía.

–Vaya –musitó con sorna–. ¡Uno que no quiere salvar a nadie!

–A mí nadie me ha salvado nunca –dijo el de abajo.

Se miraron fijamente. La irritación de uno contrastó con la mantenida indiferencia de otro. Fue como si, de entrada, acentuaran ambas. Y luego, tras llegar a un clímax silencioso, las dos decrecieran lenta y pausadamente, al mismo ritmo.

–Si no va a impedírmelo, váyase –dijo el hombre subido a la balaustrada del viaducto. Me gustaría saltar en paz, y solo.

–Claro, claro, lo entiendo.

Continuó inmóvil.

Pero apartó sus ojos de él para depositarlos en sus zapatos.

Sus estupendos zapatos de gamuza azul, nuevos, como los del viejo *rock and roll* de Carl Perkins.

Los del aparecido eran vulgares, muy usados.

–Oiga, ¿se puede saber que le pasa? –quiso saber el suicida.

–¿Puede darme sus zapatos?

La pregunta le sonó a chiste.

–¿Quiere distraerme o qué?

–No.

–Entonces está loco.

–No.

–¿Quiere mis zapatos?

–Sí.

Hablaba en serio. Se dio cuenta de que hablaba en serio. Levantó la vista de los zapatos y la fijó en él. Realmente quería sus zapatos.

–¿Por qué?

–A usted no le van a hacer falta. A mí sí.

Se fijó un poco más en su ropa. La chaqueta era gris, impecable, con un pañuelo blanco asomando por el bolsillo superior izquierdo. Los pantalones verdosos, con una raya perfecta en ambas perneras aunque algo arrugados. La camisa de color amarillo, cuello blanco. La corbata roja, con una aguja dorada en la que brillaba un sello de aire real. Los calcetines tan blancos como el pañuelo. Lo único que coincidía un poco.

Lo dijo en voz alta:

–¿Habla en serio?

–Totalmente, señor.

–¿Quiere que me quite los zapatos, que se los dé, y que luego salte?

–Si no es molestia...

Lo pronunció educadamente, como si pidiera perdón.

–Pero, bueno... –no sabía si volver a irritarse o echarse a reír–. ¿Qué clase de alimaña es usted?

–¿Yo?

–¡Sí, usted! –le acusó–. Un hombre va a matarse, y lo único que se le ocurre es pedirle los zapatos. ¡Como no va a necesitarlos más! ¿Y si uno quiere morir con dignidad, qué?

–¿Para qué quiere la dignidad si va a suicidarse?

–¡Oiga, no le consiento...!

–Perdone, no quería ofenderle.

–¡Nadie debería morir sin zapatos!, ¿entiende?

Estaba gritando. Y demasiado. Miró a derecha e izquierda. El viaducto permanecía vacío. Ni siquiera un coche circulaba por la calzada. Abajo tampoco se advertía movimiento alguno.

Mejor. Destrozarse con la caída ya era bastante. Si encima le pasaba un coche por encima...

–Luego hay quien se extraña de que la gente se mate –masculló tras su inspección ocular–. ¿En qué clase de mundo vivimos?

–Usted tendrá sus razones para matarse, pero yo las tengo para vivir.

–¿Vivir? ¿Qué hace para vivir? ¿Es usted un vampiro humano o qué?

–Pido limosna allí –señaló un extremo del viaducto protegido por una de las farolas de la entrada–, y cada semana se matan dos o tres.

–¿Y por qué no cambia de sitio?

–¿Por qué no van a matarse a otra parte?

–Este es el mejor lugar.

–También para mí. Cada vez que uno de ustedes salta, esto se llena de gente, y se sienten más proclives a dar limosnas. Vienen las familias, padres, madres, hijos, hijas, parientes y amigos... A veces me preguntan y todo.

Lo contempló alucinado.

–¿Va a contar usted...?

–Si me da sus zapatos, no. Palabra.

Volvió a fijarse en la ropa del mendigo. Toda nueva. Toda cara. Toda anacrónicamente desparejada.

–Esa ropa...

Silencio.

–Usted les pide algo a todos.

–A todos no. A veces lo que llevan no me va bien. Anteayer se mató un hombre muy gordo, demasiado gordo.

–Lo sé. Su acción me impulsó a estar aquí.

–Era una pena, porque llevaba una ropa muy bonita. Pero claro, una cosa es que pida limosna, y otra que haga reír. Usted en cambio tiene mi número. Hacía tiempo que nadie llevaba unos zapatos de mi número.

–¿No le gusta mi chaqueta? –pareció bromear él.

–No está mal, pero no es mi estilo. Y tampoco me gusta abusar.

–Está loco –le acusó por segunda vez–. Como una regadera.

–Yo no voy a tirarme, usted sí –expresó con una lógica aplastante–. Puestos a ver cuál de los dos está loco...

–No voy a darle mis zapatos.

—Yo sólo trato de subsistir con lo poco que me da la vida —se justificó el mendigo.

—Querrá decir con lo mucho que le da la muerte.

—Vamos, hombre. Este mes han saltado sólo un par de personas. Y estamos a veinte.

—¿Y dinero? ¿No quiere mi dinero?

—No, eso sería como robar.

—Oh, muy considerado de su parte.

—Tengo mi dignidad, ¿sabe usted?

—¿Que más tiene, aparte de cara?

—Hambre en el estómago, miseria en el alma, un agujero en la cabeza por el que se me van las esperanzas...

—¿Es un mendigo o un poeta?

—Sólo soy un ser humano, ya sabe.

—Genial —suspiró el hombre mirando hacia abajo.

Pareció súbitamente abatido.

—¿Qué le sucede?

—Nada.

—Puede decírmelo.

—¿Para que luego lo vaya contando?

—Si me da los zapatos no lo contaré, se lo juro.

—¡Váyase al diablo!

—Está enamorado, ¿es eso?

Intentó apartar sus ojos de los de su inesperado testigo, pero no pudo.

—Enamorado de una chica preciosa que le vuelve loco —siguió el mendigo—. ¿Acierto?

—Acierta —reconoció asombrado.

—Y ella no le hace ni puñetero caso.

—Primero me lo hizo.

—Peor aún. Primero fue suyo, y ella de usted. Después... ¿Hay otro, verdad?

—¿Cómo lo sabe?

—Intuición.

—Pues me meo en su intuición, ¿vale? —estalló—. ¡Lárguese! ¿Es que en esta jodida ciudad no puede uno ni morir en paz?

—Bueno, pensé que se mataba por algo más serio —argumentó su inesperado interlocutor.

—¿Más... serio? —no podía creer lo que estaba escuchando—. ¿Más serio que...?

—Quedarse sin trabajo, tener un cáncer terminal, eso sí es serio.

—¡Íbamos a casarnos y de pronto se va con mi mejor amigo! ¡Ella y él! ¿Le parece poco serio?

—Volverá.

—No, no volverá. La conozco bien.

—Entonces se enamorará usted de otra.

—¿Así de fácil? —chasqueó los dedos.

—Es usted joven, y atractivo. Y si tiene unos zapatos como esos, seguro que también tiene dinero. No le va a costar nada volver a estar bien. Entonces se reirá de esto.

—Oiga, ¿quiere usted mis zapatos o no?

—Sí.

—Pues si me convence de que no salte, se queda sin ellos.

—Yo espero que en este caso me los de igualmente, por haberle ayudado.

—Y me voy descalzo a casa.

—Le doy los míos. Ya le he dicho que tenemos el mismo número.

Logró hacerle reír.

—Es usted increíble —suspiró.

—No, no lo soy. Lo que pasa es que la necesidad agudiza el ingenio. No hago daño a nadie. Intento sobrevivir.

—¿Está casado?

–Sí.

–¿Tiene hijos?

–Sí, dos.

–¿Cómo les va?

–Soy un mendigo, pero no pobre. Salimos adelante.

El suicida dejó caer la cabeza sobre el pecho. Parecía agotado.

–El éxito no vale nada si no tienes con quien compartirlo –desgranó suavemente.

–Tenga.

Giró la cabeza de nuevo hacia él. Le tendía una tarjeta. Alargó la mano y la cogió.

–¿Qué es?

–Se llama Marta.

Miró la tarjeta. Había un nombre en ella, una dirección y un teléfono.

–¿Marta?

–Vaya a verla.

–¿Una psicóloga?

–No, una mujer.

–Ah.

–No es lo que se imagina. Intentó matarse por lo mismo que usted hace una semana. Hablamos y no lo hizo. Puede que los dos vean algo el uno en el otro.

–¿Lo dice en serio?

–Sí.

Leyó por segunda vez la tarjeta.

–¿Cómo es ella? –quiso saber.

–Preciosa.

–¿Y cree que...?

–Sí –insistió.

–Dios –musitó abatido el hombre–. Todo esto no es más que una locura.

–Siempre puede volver aquí.

–Me ha costado mucho llegar, y subirme; y me estaba costando mucho saltar hasta que usted ha aparecido.

El mendigo no dijo nada. Esperó.

Era el momento de la verdad.

Del salto o...

El hombre miró hacia abajo.

Un largo segundo, y otro, y otro más.

Eternos.

Después se apoyó en la balaustrada, y saltó hacia atrás.

Sujetaba la tarjeta fuertemente, como si fuese su único punto de contacto con la realidad.

Se enfrentó al mendigo.

–¿Marta?

–Marta.

–No tengo nada que perder, ¿verdad?

–Nada.

Se apoyó en la balaustrada, levantó el pie derecho y se quitó el zapato. Luego repitió el gesto con el izquierdo. Se los tendió a su inesperado compañero.

–Gracias.

Él se quitó los suyos.

–Tenga.

El hombre los miró con desconfianza.

–Vamos, póngaselos.

Se encogió de hombros y se los puso.

–Mañana...

–No, vaya ahora –le aconsejó el mendigo.

Dio el primer paso apartándose de la balaustrada.

Parecía el fin.

–Siempre puedo volver –aceptó el hombre.

Echó a andar por el viaducto, pasó junto a su compañero y se encontró con su mano tendida y abierta de pronto.

–Me llamo Marcelino.

–Yo Eudaldo.

–Suerte, Eudaldo.

–Gracias, Marcelino.

–Puede que vuelva a verlo. Siempre estoy aquí. Será un placer.

Dejaron de estrecharse la mano, y el ex suicida continuó andando hacia el extremo norte del viaducto, con los ojos fijos en el suelo, o en sus nuevos viejos zapatos. Por primera vez en todo aquel rato, pasó un coche, no muy rápido, con un hombre al volante mirando a ambos lados como si buscara algo o como si esperase ver algo. Era un tipo ridículo adornado con un bigote ridículo.

El coche se alejó por un lado y el hombre llamado Eudaldo por el otro.

No tardó en desaparecer.

Marcelino se quedó solo.

Suspiró.

Luego sacó un teléfono móvil de la parte posterior del pantalón. Lo puso en funcionamiento, ya que estaba desconectado, y pulsó uno de los dígitos. La llamada se hizo automáticamente. Antes del tercer tono se escuchó una voz.

–Ayuntamiento, Departamento de Atención al Ciudadano, ¿diga?

–Soy Marcelino –dijo Marcelino.

–Hola, Marcelino –dijo la voz –¿Que tal el día?

–Pse, regular.

–¿Cuántos?

–Tres.

–Bien.

–No han sido muy difíciles, aunque cada vez cuesta más dar con el motivo. Algunos son muy cerrados.

–¿Cómo eran los de hoy?

–Un cáncer, una pérdida de trabajo y uno que estaba enamorado.

–¿Qué te han dado?

–Una corbata, un pañuelo de seda y unos zapatos.

–Eres increíble –se rió la voz.

–Cada cual tiene sus trucos. Mientras funcionen.

–¿Dónde les has enviado?

–Al hospital, a la oficina del paro y a Marta.

–¿Marta?

–No la conoces. Es una que quiso matarse hace unos días.

–O sea que, además, Celestino.

Se miró los zapatos de gamuza azul.

–Era una buena chica, como Eudaldo.

–¿Eudaldo?

–El enamorado.

–Bueno, pues no está mal –suspiró la voz–. Este mes sólo has perdido a uno.

–Ya te dije que tenía motivos. No pude impedirlo.

–No, no, si desde que hemos empezado esta campaña han bajado los suicidios desde el maldito viaducto en un noventa y cinco por ciento. Que no está mal, oye.

Marcelino miró a derecha e izquierda.

–Oye –dijo–, ¿va a venir Cosme?

–No, tenía no sé qué con su madre.

–Pues yo me largo, tú, que ya llevo catorce horas y aquí nadie paga las extras. Si viene otro loco que se tire.

–Claro, claro, tranquilo. Si no se puede, no se puede.

–¡Joder, si es que uno tiene familia!

–Que sí, que tienes razón, lárgate, hombre.

–Vale, hasta mañana.

–Adiós.

Cortó la comunicación y se guardó el teléfono.

Acto seguido echó a andar, siguiendo la huella invisible de los pasos de Eudaldo.

Justo cuando desaparecía por el extremo norte del viaducto, por el sur apareció una mujer, arrastrando los pies, con la cabeza baja, el rostro pálido, los ojos agotados ya de tanto llorar. Tendría unos cincuenta años.

Y se notaba que le faltaba un pecho.

Se subió a la balaustrada en silencio y miró hacia abajo.

Lo primero que saltó al vacío fueron sus lágrimas.

Solitarias.

Jugando a los médicos

–¿Jugamos a los médicos?
–¿Otra vez?
–¿No te gusta?
–Sí.
–Pues juguemos.
–Pero es que siempre eres tú el médico y yo la enferma.
–Todos los médicos son hombres.
–No es verdad.
–Que sí.
–Que no.
–Que te digo que sí.
–Y yo ye digo que no.
–¿Quieres ser médico tú?
–Sí.
–Pues vale.
–Entonces va, desnúdate.

Se empezó a quitar la ropa mientras ella salía de la habitación. Cuando regresó, con una cucharita, él ya sólo llevaba puestos los calzoncillos.

—Quítamelos tú —le pidió.

—¿Por qué?

—Porque yo soy muy viejo y estoy inválido y no tengo fuerzas. Por eso voy al médico.

Se los quitó.

—Venga, haz de médico —la animó.

—Ya va —puso voz de persona mayor y dijo—: Esto tiene mal aspecto, señor González. No me gusta nada. El cáncer se le ha extendido desde los pelos hasta los pies.

—Me pica mucho, sí.

—Vamos, estírate.

Se tumbó en la cama. Ella volvió a coger la cucharita.

—Abra la boca.

—Aaah...

—Debería dejar de fumar.

—Yo no fumo.

—Pues de beber.

—Yo no bebo.

—Oye —ella se cruzó de brazos—, si vas a poner pegas por todo y no colaboras...

—Vale, vale. Dejaré de fumar y de beber, se lo prometo.

Continuó explorándole. Bajó por el pecho, se detuvo en el ombligo, siguió hasta los órganos sexuales.

—Esto está peor —le informó.

—¿Me voy a morir?

—Sí.

Le olió.

Luego dejó la cucharita y le tocó con las dos manos.

—Cada vez se pone más tiesa y más dura.

—Dice mi hermano que es normal.

—¿Ah, sí?

—Dice mi hermano que eso es lo que vuelve locas a las chicas.

–Pues yo no me vuelvo loca.

–Bueno, mi hermano tampoco me ha aclarado por qué las chicas se vuelven locas por eso ni qué pasa ni nada de nada. Dice que aún soy un enano y que ya aprenderé.

–Tu hermano es tan tonto como mi hermana.

–Sí, ¿verdad?

–Mi hermana no para de hacerse la interesante, y me dice que ya tiene pelos ahí abajo y que los chicos se volverán locos por ella.

–O sea, que acaban locos y locas.

–Ya ves.

–Puede que ellos jueguen a padres y a madres y no a los médicos.

–¿Cómo se juega a padres y madres?

–Aún no lo sé. Creo que tendríamos que meternos en la cama, desnudos, y entonces tú tienes un niño.

–¿Y eso cómo se hace?

–Ya te digo que no lo sé.

–¿Y para qué quiero yo un niño ahora?

–Bueno, eso es de mayores. Ahora, jugando, tú tendrías una de tus muñecas. Entonces iríamos a trabajar y la dejaríamos en una guardería, y los fines de semana con tu mamá o con la mía. Y haríamos de padres.

–¿Todo el día enfadados, como los nuestros? Pues vaya juego. Prefiero el de los médicos.

–Ponme una pomada, para que me cure el cáncer.

–Voy.

Salió de la habitación sin hacer ruido y fue al cuarto de baño. Primero pensó en coger las cremas de su madre, pero cambió de opinión. Le había oído decir que valían un ojo de la cara. Optó por la pasta de dientes. ¿No quería que se los lavara tres veces al día? Pues diciéndole que se los había lavado y que por eso la pasta se acababa muy rápido, tan contenta.

Volvió a su cuarto.

–Le voy a poner una pomada milagrosa, ya verá.

–Oooh, doctora, cuánto sufro, cuánto me duele.

–No se queje.

–Aaah....

–Esta pomada es muy cara, y muy buena. Es de Andorra.

–¡Huy, está fría!

–Eso es que le está curando.

Le embadurnó el pecho, el ombligo y el pene.

–Sí, noto como entra en mi cuerpo y me cura.

–Ya se lo dije. Es una pomada buenísima. La anuncian en la tele.

Ella se lo extendió pacientemente. Un fuerte olor a menta llenó el espacio. Primero el pecho. Después la zona del vientre en torno al ombligo. Finalmente el sexo.

–¿Te gusta?

–Pica.

–Es mejor que el chocolate que me pusiste tú a mí el otro día.

–Ya, pero estaba muy rico.

–Estese quieto, señor González.

–Sí, doctora.

–Debería cortarle esto –le cogió la punta del pene con dos dedos y se lo agitó–. Creo que es lo que está peor.

–¿Y cómo haré pipí, eh?

–Yo no tengo esto y hago pipí igual, ya lo sabes. Tú también tienes un agujero al final del tubito.

–No es un tubito.

–¿Te opero o no?

–¿Una operación a vida o muerte?

–Sí.

–¿Con anestesia?

–Se me ha terminado.

Volvió a coger la cuchara. Hizo como que era un cuchillo y procedió a la amputación del órgano. El enfermo empezó a gritar en voz baja mientras se retorcía de dolor.

–¡Ah! ¡Oh! ¡Es insoportable! ¡No podré resistirlo!

–Ya está.

Levantó la cabeza para mirar, por si acaso. Ella le había puesto un calcetín blanco encima, a modo de venda. Sonreía orgullosa.

–Pues el otro día oí decir a mi tía que a los hombres habría que cortarles esto. A todos –manifestó.

–¿Y por qué?

–No lo sé.

–Tu tía es que es un poco chunga, ¿no?

–Sí, es muy rara. Lo malo es que mamá decía «desde luego».

–De hecho, todos los mayores son raros. Yo no sé qué les pasa. Siempre andan con misterios y con secretos y con cosas del tipo «esto ya lo sabrás cuando seas mayor». Pero si dices que quieres serlo, te largan lo otro, lo de que no tengamos prisa porque ahora es cuando mejor estamos. Si se está tan bien ahora no sé por qué crecieron ellos.

–¿Tú crees que cuando seas mayor serás como tu hermana?

–¿Tú serás como tu hermano?

–¿Yo, como Carlos? –puso cara de horror–. Ni hablar.

–Pues yo tampoco seré como Vicky.

–Tu hermana no está mal.

–Tu hermano tampoco.

–Pero son unos plastas.

–Muy plastas.

Se la quedó mirando fijamente. No sólo era su mejor amiga.

–Deberíamos casarnos –anunció.

–¿Por qué?

–Para estar juntos y todo eso.

–Antes de casarnos hemos de ser novios.

–Pues vale.

–¿Entonces somos novios?

–Sí, ¿no? Si tú quieres...

–Bueno –se encogió de hombros ella.

–Vale, ven –él acercó sus labios a los suyos y le dio un beso en la punta. Apenas un roce. Luego agregó–: Ya está.

–¿Ya somos novios?

–Sí. Los novios se dan un beso y ya está.

–Pues no he sentido nada.

–¿Que querías sentir?

–El otro día en una película a la chica le daban un beso y oía campanas y se ponía roja y se desmayaba y cosas así.

–Eso es el cine, pero esto es la vida real. En el cine también hay robots y efectos especiales y monstruos y cosas que no son de verdad. Las hacen con ordenadores.

–O sea, ¿que las campanas eran trucos?

–Pues claro.

–Bueno, pero ¿somos novios?

–Sí.

–Vale –dejó zanjado el tema y se concentró en el resultado de la «amputación»–. Oh, vaya –suspiró–. Me temo que le ha vuelto a crecer, señor González.

–Soy como una estrella de mar –alardeó él.

–Tendré que cortársela otra vez.

—No sé si podré resistirlo —puso cara de pánico.

Retomó la cucharita.

Y mientras volvía a fingir que era un cuchillo, que le cortaba el pene sin anestesia, con su compañero embadurnado de pasta de dientes agitándose de dolor, se abrió la puerta de la habitación y por el quicio apareció su madre.

Bastó un grito.

—¡Puri! ¿Qué estás haciendo?

La miraron asustados, blancos, atenazados.

Y el mundo entero se les cayó encima a los dos desde ese momento.

¿Aún me quieres?

Habían apagado la luz hacía un par de minutos. En la oscuridad de la habitación, apenas quebrada por los resplandores que provenían de la calle y se filtraban por la persiana, el silencio ni siquiera se rompía por sus respiraciones acompasadas, a las puertas de un sueño que se aproximaba. Los dos estaban boca arriba. Se rozaban.

Entonces ella formuló la pregunta.

—Salvador, ¿aún me quieres?

—¿Qué?

—¿Que si aún me quieres?

Sobrevino una breve pausa.

—¿Qué clase de pregunta es esa?

—Una pregunta.

—Ya, pero...

—¿Es por la hora o por la pregunta?

—Por las dos cosas.

Hizo un movimiento que Petra interpretó perfectamente.

—No enciendas la luz.

–¿Qué pasa?

–Nada, pero no enciendas la luz. No hace falta – insistió.

–¿Estás bien? –se alarmó él.

–Yo sí.

–Entonces...

–Salvador, preguntar si aún me quieres no tiene por qué significar que esté mal, o depre, o menopáusica o lo que quiera que te imagines. Se me ha ocurrido y ya está.

–Ninguna persona pregunta sin motivo alguno a la una de la madrugada a su pareja si aún le quiere.

–Pues es una hora tan buena y un momento tan bueno como cualquier otro. Habrías reaccionado igual si te lo hubiera preguntado cenando, o paseando o qué sé yo.

–Ya, pero es que no me negarás que la pregunta se las trae.

–Para nada. Es muy sencillo: la respuesta es sí o no. Y ya está.

–No, no es tan sencillo. ¿Qué quieres, un sí de esos típicos? ¡Pues claro que te quiero!

–La verdad no es típica.

–Pero los matrimonios se dicen «te quiero» por rutina.

–¿Lo ves? A eso me refería. Ya sé que no es igual el amor a los diez días que a los diez años, o a los veinte. Pero decir «te quiero» no es nunca una rutina. Implica muchas cosas.

–Petra, es tarde y mañana...

–Siempre es tarde, Salvador, y así, día tras día, nunca hablamos. Cuando un matrimonio deja de comunicarse sus sensaciones y sus emociones, se forma un inmenso vacío entre los dos. Un agujero negro de esos del espacio por el que desaparece toda energía.

–Esto me recuerda nuestras charlas de facultad, cuando lo convertíamos todo en un tema trascendente y divagábamos horas y horas con él.

–Pues bien que lo pasábamos entonces.

–No arreglábamos nada.

–No pretendíamos arreglar nada. Sólo crecíamos como personas.

–Nos creíamos el ombligo del mundo, dispuestos a cambiar las cosas.

–Hablas como si estuvieras desengañado.

–Desengañado, desengañado, no lo estoy, pero no me negarás que crecer y evolucionar y madurar...

–Oh, ya salió la palabra: madurar.

–¿Qué pasa con ella?

–Pues que es una trampa. Cuando la gente deja de tener ilusiones dice que «ha madurado». Es la forma que tienen de enmascarar su naufragio personal.

–¿Naufragio personal? Oye, que a nosotros no nos ha ido mal, ¿vale?

–Hay muchas formas de naufragar, Salvador, y lo sabes. Uno puede sentirse solo en medio de la multitud, o perdedor siendo un triunfador. Todo depende del enfoque y de cómo te sientas por dentro.

–Ya, pero tú estás hablando de un concepto muy ambiguo. El amor no tiene dimensión, ni forma, ni color.

–Tampoco tiene nada de eso el alma, y todos tenemos una.

–Eso será si crees en Dios.

–Aunque no creas, y la llames como la llames, existe. El alma tiene mil nombres. Y el amor es su manifestación más pura. Amamos porque existimos, y existimos porque amamos.

–¡Por Dios, Petra! ¿Qué pasa, que has visto una película sentimental o qué?

–No seas mezquino.

–No soy mezquino. Pero te conozco.

–Los hombres, en cuanto os ponen en un compromiso, siempre os salís por la tangente o lo interpretáis según vuestro peculiar criterio. Si una mujer llora es que tiene la regla. Si grita es porque su amiga le ha llenado la cabeza de tonterías. Si se somete es porque renuncia a todo y es una amargada. Y si tiene dolor de cabeza es porque no quiere hacer el amor.

–Hace un mes que no hacemos el amor –le recordó él.

–¿Y por qué te crees que te pregunto si aún me quieres?

–¿No eras tú la que decía que el sexo no tiene nada que ver con el amor, y que hay personas que tienen una relación muy feliz sin necesidad de...?

–Salvador, vuelves a cambiar de tema. No estábamos hablando de eso.

–¿Y de qué estamos hablando?

–De la felicidad.

–Así que ahora hablamos de eso.

–La vida es como un prisma en el que cada cara tiene un sentido: amor, felicidad, paz, estabilidad... Pero en el fondo todo es lo mismo.

–¿Y la pasión?

–También. Es la forma más exacerbada, con menos control, más dolorosa y menos racional del amor, pero también cuenta. Sin pasión, muchas cosas no tendrían el menor sentido. ¿Recuerdas cuando nos conocimos?

–Por supuesto.

–Consumimos más pasión en los primeros dos años que en los veinte que han seguido.

–Yo era mucho más apasionado que tú. Te lo recuerdo.

–No hablo de barómetros. Hablo de conceptos. «Siempre te querré, bicho», «Quiero despertar a tu lado todas las mañanas del resto de mi vida», «Nunca me cansaré de mirarte», «Quiero vivir mil años para quererte», «Daría mi vida por un segundo más a tu lado». Siempre me decías cosas así.

–Y eran verdad. Luego evolucionan, de la necesidad al hábito. Es un proceso natural.

–Y del hábito a la resignación.

–¿Quieres castigarte la moral o qué?

–¡Qué manía! ¡Sólo estamos hablando!

–Tú estás discutiendo.

–No señor. Yo estoy hablando. El que discute eres tú, porque te has puesto inmediatamente a la defensiva.

–¿A la defensiva yo? No sé de qué.

–Veamos, ¿qué es para ti el amor, un salto de trampolín o una prueba de levantamiento de pesos?

–Vaya ejemplos.

–El salto de trampolín es grácil, etéreo, se forman figuras en el aire, libres, porque vuelas como un pájaro aunque sólo sea por espacio de unos segundos, y luego entras en la piscina de la vida sin apenas levantar espuma. Es magia pura. Levantar pesas en cambio... Primero te es fácil cuando pones pocos kilos, y poco a poco, con más kilos, la cosa se complica. Acabas roto y por el suelo cuando ya no puedes con la última carga.

–Yo más bien veo el amor como una maratón. Lo importante es distribuir el esfuerzo, racionalizar las energías y dosificar para llegar al final. Es una carrera en la que no siempre importa ganar, sino terminar, porque es muy larga.

–O sea, que se trata de resistir.

–Ya vuelves a usar las palabras como te conviene.

–¿Crees que te equivocaste?

–No.

—¿Alguna vez has pensado en cómo habría sido tu vida sin mí?

—Como todo el mundo. Tú también tuviste un novio antes. Seguro que habrás pensado cómo te había ido con él.

—¿Has sido feliz?

—¡Claro que he sido feliz, y lo soy!

—¿Crees que amamos a quien elegimos, o elegimos a quien amamos?

—Petra, por Dios... —gimió agotado.

—Venga, respóndeme a esto.

—Es lo mismo.

—No, no lo es.

—Pues bueno. A esta hora desde luego no voy a ponerme a filosofar, y menos contigo.

—Estás eludiendo el tema.

—Yo no eludo nada, pero cuido mis palabras, que luego las sacas de contexto y me bombardeas con ellas.

—Antes eras más combativo.

—Antes tenía menos años, y además no discutíamos a la una de la madrugada.

—Mentira. Podíamos pasarnos una noche entera hablando.

—Eso sí, ¿ves? Menos follar...

—No seas basto.

—Ya está. Cuando un hombre habla de follar es un basto.

—Pues sí.

—La gente normal dice «follar», y «polla», y «coño». Son desinhibidos.

—¿Lo ves? Hemos empezado hablando de amor y hemos acabado hablando de sexo.

—Yo no he empezado hablando de nada. Has sido tú.

—Alguien tiene que hacerlo, o de lo contrario llegaremos a los setenta años mudos. ¿Has visto a estas parejas que van por la calle, cogidas del brazo, sin decirse ni pío?

—He visto a las que discuten a gritos, y se odian. Porque se les nota. Se aguantan porque no tienen más remedio.

—¡Pues por eso, más a mi favor! ¿Cuándo dejaron de hablarse y por qué?

—¿Crees que después de cincuenta años juntos alguien tiene algo nuevo que decirse?

—Salvador, a veces me pregunto sinceramente...

—¿Qué? –la alentó a continuar al ver que no lo hacía.

—Nada. Será mejor que me calle.

—Vale, buenas noches.

—He dicho que me calle, no que deje de hablar.

—Petra...

—¡Si es que me sacas de quicio!

—Yo no he empezado a preguntar extravagancias a la una de la madrugada.

—Que una esposa le pregunte a su marido si la quiere no es ninguna extravagancia.

—Depende de la forma, el fondo, y sobre todo de la hora –insistió él.

—No, depende de si ella ha engordado o de si él tiene barriga, porque en el fondo todo se reduce a eso.

—¿De qué estás hablando?

—Sabes muy bien de qué estoy hablando.

—Ahora no. Me he perdido.

—El otro día me preguntaste que por qué no me hacía una liposucción.

—Bueno, ¿y qué? Me pareció normal.

—O sea, que estoy gorda.

—Caray, tienes cuarenta y tres años. Te ha cambiado el cuerpo. Aunque aún estás bien.

—O sea, que aún puedo pasar.

—No. Si te hicieras una liposucción estarías mejor.

—Me haré una lipo el día que tú te hagas un trasplante de pelo.

—No es lo mismo, mujer.

—No veo por qué no. Si yo me hubiese quedado calva como tú...

—Una liposucción es algo de lo más sencillo. Que te hagan mil pequeños agujeros en la cabeza y te metan pelo es distinto. A los cincuenta te arrepentirás.

—O sea, que a los cincuenta...

—¡Petra!

—¡No grites!

—Pues duérmete, coño. ¡Qué perra te ha dado esta noche!

—¿Quieres que me duerma, así, sin más?

—¿Cómo quieres dormirte?

Se escuchó una fuerte respiración. Él temió lo peor. Pero no hubo ningún nuevo estallido.

—¿Te das cuenta?

—¿De qué?

—Ni siquiera me has contestado a la pregunta. Y mira que era sencilla. Ya estaríamos durmiendo si lo hubiese hecho. Bastaba con un sí o con un no.

—Ya.

—Salvador, ¿aún me quieres?

La pausa fue tensa.

—Sí, te quiero.

—Pero ¿estás enamorado de mí?

La pausa fue aún más tensa.

—Sí.

—No es verdad, y lo sabes —dijo ella.

—Claro que lo es.

–Me quieres, de acuerdo, pero ya no estás enamorado de mí.

–Petra, por favor, ¿vas a empezar otra vez?

–No.

–Vale, pues me alegro.

–Ya sé lo que quería saber.

–¿Y qué...? No, mejor no lo pregunto.

La tercera pausa fue más breve.

–Por cierto, ¿me quieres tú a mí? –rezongó Salvador abortando su intento de darse la vuelta.

–Sí.

–¿Y todavía estás enamorada de mí?

Larga, muy larga pausa.

–Anda, date la vuelta –le empujó Petra.

Se abrazó a él por detrás.

En silencio.

Las manecillas luminosas del reloj marcaban la una y quince minutos.

Transcurrieron unos segundos.

–¿Ves como hablar es bueno? –musitó ella bostezando.

La cara de Salvador, en la oscuridad, era todo un poema.

Pero ya no volvió a abrir la boca.

Aunque tardó casi una hora en dormirse, mientras los ronquidos de su mujer iban y venían como una marea constante en el océano de su percepción.

EL ÚLTIMO ENCUENTRO

–¿ANASTASIO?

–¿Lourdes?

Se quedaron mirando un momento. Luego vieron que sí, que sus ojos, sus reflejos y sus memorias no les habían traicionado. Las sonrisas afloraron en sus rostros. Ni siquiera supieron si darse un beso o la mano.

Se impuso el beso. Fue ella la que inició el movimiento.

–Dios mío... –susurró él.

–Y que lo digas. ¡Dios mío! ¿Cómo estás?

–Bueno, lo que ves es lo que hay, ¿y tú?

–Más o menos lo mismo.

–Si es que te he visto y...

–No puedo creerlo.

–¿Que nos encontremos o que sea precisamente aquí y en estas circunstancias?

–Supongo que ambas cosas.

Volvieron a mirarse. Las fotografías impresas en sus mentes, congeladas a través del tiempo, se desvanecieron. De pronto la vida del otro se acababa de comprimir en un santiamén, dando un salto hasta el presente.

–¿Cuántos años hace? –preguntó Anastasio.

–Treinta y siete.

–¿Qué?

–Se cumplirán el próximo mes, no me digas que lo has olvidado, precisamente tú.

–¡Treinta y siete!

Lourdes sonrió con dulzura.

–Estás igual –dijo.

–Las ganas. Tú sí que estás igual.

–Entonces es que la vida ha sido buena con nosotros.

–Fue...

–El dieciséis de mayo, en casa de Elena. Tú te ibas a Londres.

–Huía a Londres.

–Tonto.

Había demasiada gente a su alrededor, y todos estaban más o menos tristes. Afuera, en el jardín, en cambio, los que ya habían salido incluso reían, contaban chistes, recordaban, como ellos, cuándo había sido la última vez. Aunque se tratase de otra circunstancia y otra clase de reencuentros.

–¿Ya has...? –Lourdes le mostró el interior de la casa.

–Sí, ¿y tú?

–También.

–¿Quieres que salgamos?

–Sí, mejor.

Salieron, por una puerta acristalada, corredera, que daba justo a la zona de la piscina, ahora quieta, con el agua transparente flotando sobre un fondo azul. Apenas dieron una decena de pasos. La hierba olía bien, con aroma a primavera.

Pareció que no sabían qué decir.

Esperaron, mirándose.

—¿Qué ha sido de tu vida? —preguntaron al unísono.

Risas.

—Primero tú —la invitó galante él.

—No hay mucho que contar.

—¿Te casaste?

—Eso sí, ¿ves?

—¿Y qué tal?

—Dos hijas, de treinta y uno y veintisiete, a punto de ser abuela, ama de casa y viuda desde hace tres años.

—Lo siento.

—Cáncer de pulmón. Fumaba mucho.

—Yo sigo sin fumar.

—Lo imaginaba.

—¿Y eso de ser abuela?

—Mi hija mayor está de cinco meses.

—Increíble.

—¿Que yo sea abuela? Pues ya me dirás. Hoy, con eso de que se casan tarde y se toman lo de los hijos con calma... ¿Y tú?

—Yo no me casé.

—¿Qué?

—Pues eso.

—¡No puedo creerlo!

—Te esperé.

—¡Anda ya!

—Pensé que a lo mejor...

—Venga, Anastasio, no me tomes el pelo.

Soltó una carcajada.

—Vale, de acuerdo.

—Me habías asustado.

—¿Yo?

–Sigues tan ganso como entonces. Por Dios, mira que me hacías reír.

Un destello de amargura flotó en los ojos de él. Una mirada vaga, imprecisa. Fue hacia atrás y volvió al presente en menos de un segundo.

–La verdad es que, lo mires como lo mires, no me casé.

–¿Nunca?

–Ni una sola vez. Ni media.

–¡No! ¿Tú?

–¿Qué tiene de extraño?

–Que siempre te imaginé casado y con media docena de hijos.

–No te habrías ganado la vida como vidente.

–¿Qué pasó? ¿No encontraste a nadie?

–Como tú, no.

–¿Y distintas? –eludió ella el comentario.

–Sí, distintas encontré algunas, pero...

–En plural, ¿eh?

–Tampoco tantas. En Londres... Imagínate, aterricé allí en plena época de los Beatles, con la ciudad hecha una fiesta. Música, libertad... Me dejé seducir por todo aquello. Fue muy fuerte. Me metí de cabeza. Lo que tenía que ser unos meses para aprender inglés se convirtió en años. Me relacioné con músicos, viví en comunas jipis...

–¡Tú un jipi!

–Y muchas más cosas. De hecho fue genial. Único. Estaba en el mejor sitio en el momento oportuno. Y era otra vida, comparado con España. Aquí aún vivía Franco, censura, represión.

–¿Ves? Si nos hubiéramos casado te habrías quedado aquí y no habrías vivido nada de eso. Habrías sido alguien gris, como yo.

–No digas eso, Lourdes –manifestó con tristeza.

–Así que viviste ahora con una, ahora con otra –volvió a eludir su seriedad ella.

–Estuvo bien, pero olvidarte...

Se rindió.

–Éramos unos pardillos –dijo.

–No tanto.

–Yo tenía diecinueve años, por Dios.

–Madurábamos antes. Y además, nosotros no teníamos nada que ver con aquel tiempo. Íbamos muy por delante.

–No tanto.

–Sabes que sí.

–No tendrás hijos... –cambió de nuevo ella el rumbo de la conversación.

–Sí y no.

–¿Qué quieres decir?

–Pues que tuve un hijo a comienzos de los setenta, pero a los pocos años ella se fue y se lo llevó a Estados Unidos, así que lo tuve crudo para poder verlo y todo eso. Ahora ya hace tanto que ni siquiera sé de él.

–Vaya –Lourdes se estremeció.

–Fui más padre de una niña, hija de una divorciada con la que estuve unos años, que de ese hijo mío. Aunque tampoco sé nada de ellas desde hace otra eternidad.

–Pareces haber vivido lo tuyo.

–A salto de mata. Nunca me até demasiado.

–¿Quién iba a atarte a ti si eras como un mal viento?

–Lo habría deseado.

–Los que están atados quieren ser libres, y los que son libres añoran una estabilidad. Siempre ha sido igual. Nadie está conforme con lo que tiene. ¿Por qué no te casaste con esas dos mujeres, por ejemplo?

–En plena época jipi eso de casarse no se llevaba. Era anacrónico. Nadie pensaba en ello. Con la madre de esa niña fue porque ella no quería repetir la experiencia de su divorcio, que fue traumático. Juró no volver a casarse y no lo hizo. Al final hasta yo mismo comprendí que había hecho bien. Cuando se acabó, se acabó. No hubo juzgados ni lágrimas.

–Ya, pero es triste.

–En alguna parte leí que el amor es una sensación increíble: no te deja vivir, y al mismo tiempo te impide morir.

–¿Estás con alguien ahora?

–Mi última pareja me dejó hace cinco años por un chico de veintisiete. ¿Cómo lo ves?

–Estaría loca.

–No tanto. La verdad es que él era modelo y estaba la mar de bien. Además, ella tenía doce años menos que yo.

–No lo frivolices. A mí estas cosas me parecen siempre muy fuertes.

–¿Cómo se llaman tus hijas? –quiso saber él.

–Manuela y Anastasia.

–¿Le pusiste Anastasia a una hija tuya?

–Es un nombre muy bonito.

–Lourdes... –pareció emocionarse de improviso–. Es lo más increíble que... Bueno... No sé qué decir.

–Siempre pensé que de alguna forma lo sabrías.

–No, nunca. Ni siquiera estaba por aquí. Regresé para quedarme hace unos pocos años.

–En cambio Manuel y yo no salimos nunca de la ciudad.

–¿Manuel?

–Mi marido.

–¿Le pusiste a tu primera hija como a tu marido, y a tu segunda hija como a mí?

Ella se puso inesperadamente roja.

Alguien rompió a llorar en la casa. Hubo movimiento y miradas en su dirección. El silencio de la muerte hizo renacer su soberanía por encima de quienes ya lo habían olvidado.

Incluso Lourdes se recuperó de su fragilidad emocional.

—¿Crees que ya se la llevan? —preguntó.

—No, aún es pronto.

—Pobre Eleonor.

—Ya entonces estaba siempre enferma, ¿recuerdas?

—¿Cómo lo supiste?

—De casualidad. Resulta que uno de mis actuales socios es amigo de su hermana. Ni siquiera sé por qué he venido. Después de tantos años... Desde luego no esperaba encontrarte.

—Odiabas los entierros, y los hospitales.

—Los sigo odiando, pero con los años te habitúas, y a estas alturas te persiguen. A tu alrededor todos van cayendo como moscas. Creo que los viejos van a los entierros para asegurarse de que el que se ha muerto es otro. Es como un grito de alerta. «¡Eh, yo sigo aquí!».

—No hables de vejez. No te va.

—Ella tenía un año menos que tú, y ya ves —miró la casa—. Cincuenta y cinco años y ya se ha ido.

—Tú le gustabas mucho a Eleonor.

—Lo sé.

—Más que gustar... estaba enamorada de ti.

—Todos nos enamorábamos de quien no debíamos.

—Suele pasar en todas las pandillas. Los sentimientos van y vienen. Un día me dijo que pensaba seducirte.

—¿Cuándo?

—No lo recuerdo. Pero fue antes de que....

–¿De que tú y yo nos enrolláramos? –continuó él al ver que ella se detenía, pillada a contrapié por sus propias palabras.

–Anastasio... –hizo un gesto vago forzando una sonrisa despreocupada.

–¿Lo recuerdas?

–¡Hace un siglo de eso!

–Nadie olvida el primer amor, ni la primera vez, ni tampoco la última, cuando descubres que ha sido precisamente eso, la última.

–Me voy a ruborizar por tu culpa.

–La primera fue en tu casa, en tu habitación, un sábado por la tarde que tus padres estaban fuera. La última en aquella fiesta en la playa.

–Dios, mira que eres malo. ¡Cómo te gusta recordar cosas!

Anastasio la cubrió con una mirada de fuerte intensidad.

–Te dije que nadie te querría más que yo.

–Eras muy dado a las frases solemnes y lapidarias.

–¿Alguien te ha querido más?

–Mi marido.

–¿Más?

–Nadie quiere más. Todo el mundo quiere igual.

–Sabes que eso no es cierto. Sé sincera.

–¿Qué quieres que te diga, que me equivoqué, que nunca te olvidé, que tenía que haber cerrado los ojos? ¿Es eso? ¿Te sentirás mejor o más tranquilo? –se puso dulcemente seria–. He tenido una buena vida. No me quejo.

–A mí me marcó para siempre.

–Puede que hayas triunfado gracias a ello.

–¿Crees que he triunfado?

–Sí, se te nota. Seguro.

–Lo habría dado todo por ti.

–Eres un romántico.

–Y tú tenías los pies demasiado en el suelo. Querías algo mejor.

–No es cierto.

–Lourdes...

–Vamos, Anastasio –le puso una mano en el brazo y se lo presionó con afecto.

–A veces he tenido deseos de buscarte, pero siempre...

–Te daba miedo, ¿verdad?

–Sí.

–Ya ves. Puede que reencontrarnos haya sido el peor remedio. Tenías en la memoria aquella imagen mía, con diecinueve años, eterna. Para ti no había envejecido. Y ahora...

–Me he hecho mayor de golpe –sonrió él por primera vez en mucho rato.

–Siempre fuiste un niño grande, y no creo que hayas cambiado ni que cambies nunca.

–Y tú...

–Yo, serena, distante, reflexiva... Lo sé, Anastasio. Lo sé. Un asco.

–No iba a decir eso.

–Lo siento, no podía seguirte –se enfrentó a su mirada–. Me daba miedo. Nunca se me dio bien soñar.

–¿Puedo preguntarte algo?

–Claro.

–¿Me querías?

Fue una mirada cargada de ternuras. Le acarició con ella.

–Mucho –reconoció.

–Vaya –suspiró él.

–La sinceridad es algo que da la edad.

–Cuando ya no importa.

–Siempre importa.

Anastasio inició el dibujo de una nueva sonrisa en su rostro.

La sorprendió.

–¿Hablas en serio?

–Sí.

–¿Sinceridad?

–Sí.

–¿Por qué no nos vamos?

Lourdes parpadeó.

–¿Irnos, adónde?

–A tomar algo, charlar, no sé. A empezar de nuevo.

–¿Estás ligando conmigo, Anastasio? –se asombró ella.

–¿Yo? ¡No! –alzó las cejas para poner más énfasis en sus palabras–. Pero después de tantos años...

–¡Hay, Dios, no puedo creerlo!

–No seas tonta.

–¡Estamos en un entierro!

–¿Y qué? ¿Crees que alguien notará que nos hemos ido?

–La pobre Eleonor...

–En el cielo esté. Y gracias por haber permitido este encuentro –lo dijo mirando a las alturas–. Pero si algo tienen los entierros es que te hacen sentir más vivo como defensa. Ahora tú y yo podemos desaparecer y pasar el resto del día recordando batallitas, riendo, llorando, poniéndonos tiernos, discutiendo como entonces. Cosas así.

–Eres increíble.

–¿Te espera alguien en casa?

–No.

–A mí tampoco.

–Ya, pero...

–Lourdes, estamos donde empezamos, o donde lo dejamos. Ya no va a ser peor, ni tal vez mejor. Pero quizás nos lo debamos.

–Eso era lo que más miedo me daba de ti –advirtió ella–. Tenías siempre tanta prisa por todo, tanta urgencia, como si el mundo fuese a atraparte y devorarte...

–El mundo no sé, pero la vida sí te atrapa y te devora y te digiere y luego te expulsa por el ano del olvido.

–Qué bruto eres.

–Pragmático. La vida es una amante, una puta por la que pagas quieras o no.

–Pero no se puede correr más que ella.

–Ya lo sé. Ni vale la pena. Pero hay otras formas de sentirse vivo. Por eso yo me echaba a la piscina sin mirar si había agua.

–Yo primero ponía un pie, y luego otro, y me pasaba una hora diciendo que el agua estaba fría.

–Tienes toda la tarde para poner el pie en la piscina del futuro.

–Dios... estás loco –susurró Lourdes con nostalgia.

–Comemos, charlamos, vamos a pasear, o al cine, o a hacer un recorrido turístico, una peregrinación por nuestros lugares sagrados, y después cenamos y seguimos charlando y...

–Anastasio, no hace ni diez minutos que nos hemos reencontrado –suspiró ella abrumada.

–¿Quieres que te diga algo? No voy a dejarte marchar. Esta vez no.

–¡Jesús!

–Y mañana te propondré que nos vayamos a Londres a pasar el fin de semana. ¿Has visto *El fantasma de la Ópera*? Te encantará. Esa música te hace migas el alma.

–¡Anastasio, que yo no...!

–Lourdes, ¿quieres callarte?

Se calló. Ya no dijo nada. Él la había tomado del brazo. La empujaba hacia la puerta de la calle a través del jardín. La piscina quedó atrás. Nadie los miró. Otro llanto ahogado flotó hacia ellos proveniente de la casa. Eso hizo que la arrastrase aún más, escapando de allí, y que ella misma cediera empezando a volar sobre sus zapatos.

Lucía el sol.

–Anastasio –tomó aliento al llegar a la calle.

–¿Sí, Lourdes?

Cincuenta arrugas más. Los mismos ojos. Unos años más. La misma edad en el corazón. Una vida consumida. La misma esperanza. Un pasado. Un futuro.

Extraño.

–No, nada –se rindió.

–Bien –se le iluminó el rostro con una amplia sonrisa–. Vamos.

Salieron a la calle.

Nadie reparó en ellos cuando le dieron la espalda al mundo y se quedaron solos.

Ni falta que hacía.

Este libro se terminó
de imprimir en junio de 2009